Tim

- achteinhalb Jahre alt (allerdings ist er knapp eine Minute vor seiner Zwillingsschwester geboren), etwas ruhiger als Anni, und er denkt erst nach, bevor er handelt
- **Mag:** Cello-Spielen (und ist auch ziemlich gut darin), Fußball (genauso gerne wie seine Schwester), Spinnen, seine roten Sneaker, Blaubeer-muffins
- **Mag nicht:** Annis Freundin Crissy, Hochnäsigkeit, Mützen und Schals

Der Wunschzetteldieb

- ziemlich frech
- liebt Weihnachten über alles
- **Mag:** rote Handschuhe, Weihnachtstee und Geschenke
- **Mag nicht:** wenn ein Plan nicht funktioniert ...

Amelie Benn & Nadine Reitz

Der Wunschzettel-Dieb

Weitere Titel der Autorin:

Zwei wie Glitzer und Einhornstaub –
Meine Freundin mit dem großen Geheimnis

Zwei wie Glitzer und Einhornstaub –
Der Süßigkeiten-Dieb

Zwei wie Glitzer und Einhornstaub –
Weihnachtsglitzer überall!

Geheim! Die Agentur für magische Wesen –
Löse das Rätsel des Seeungeheuers

Geheim! Ein Rätselabenteuer –
Finde das magische Einhorn

Drachenstarke Geschichten –
Von mutigen Prinzessinnen, Piratenschätzen und großen Mäuseträumen

Titel i. d. R. auch als Hörbuch erhältlich

Amelie Benn

Der Wunschzettel-Dieb

Mit Illustrationen von Nadine Reitz

BAUMHAUS

Noch mehr tolle Bücher, viele Videos und Ideen zum Basteln, Rätseln, Backen, Zeichnen und Spielen gibt's hier: baumhausbande.com.

NACHHALTIG PRODUZIERT

Die Bastei Lübbe AG verfolgt eine nachhaltige Buchproduktion. Wir verwenden Papiere aus nachhaltiger Forstwirtschaft und verzichten darauf, Bücher einzeln in Folie zu verpacken. Wir stellen unsere Bücher in Deutschland und Europa (EU) her und arbeiten mit den Druckereien kontinuierlich an einer positiven Ökobilanz.

FSC www.fsc.org
MIX
Papier | Fördert gute Waldnutzung
FSC® C011124

Originalausgabe

Amelie Benn wurde vermittelt durch die Agentur Brauer & Kern

Bei Fragen zur Produktsicherheit wenden Sie sich bitte an:
produktsicherheit@bastei-luebbe.de

Lektorat: Katharina Runden
Umschlagkonzept: Kristin Pang
unter Verwendung einer Illustration von Nadine Reitz
Umschlagmotiv: Nadine Reitz
Satz: two-up, Düsseldorf
Gesetzt aus der Barlow
Druck und Verarbeitung: Mohn Media Mohndruck GmbH, Gütersloh

Printed in Germany
ISBN 978-3-8339-1046-3

5 4 3 2 1

Inhalt

Kapitel 1

In einem kleinen Dorf weit, weit weg

Hoch oben im Norden, dort, wo die Winter lang und kalt sind, liegt ein kleines Dorf namens Snorla. Es ist umgeben von einem großen Wald, in dem man sich leicht verirren kann, vor allem wenn die Wege mit dichtem Schnee bedeckt sind. Was so ziemlich das ganze Jahr der Fall ist. Die Menschen in Snorla kennen sich gut und grüßen einander mit Namen, wenn sie sich auf der Straße begegnen. Und hier am Rande der Welt wohnen auch Anni und Tim mit ihrer Familie. Die beiden Geschwister gehen in die dritte Klasse, zusammen mit zehn anderen Schülerinnen und Schülern.

Es gibt jedoch eine klitzekleine Winzigkeit, die Anni und Tim von allen anderen Kindern im Dorf unterscheidet. Die beiden sind Zwillinge! Sie sehen sich so ähnlich, dass es immer wieder zu Verwechslungen kommt. Sogar die gleiche Augenfarbe haben sie – nur, dass Annis Augen ein bisschen dunkler sind als die von Tim. Allerdings muss man schon ganz genau hinschauen, um es zu entdecken. Und seit sie sich aus einer Laune heraus gegenseitig die Haare geschnitten haben, sehen sie sich mit den tipfeltupfelgleichen Frisuren noch ähnlicher. Das nutzen die beiden selbstverständlich zu ihrem Vorteil aus. So kam es beispielsweise schon vor, dass Anni als Tim zum Fußballtraining ging (weil Tim keine Lust dazu hatte) und Tim statt Anni zum Laternenbasteln. Und keiner

hat ihren Tausch bemerkt – worüber sich die Zwillinge natürlich **diebisch** freuten! Wer die beiden allerdings schon länger kennt, weiß, dass sie sich doch ein wenig voneinander unterscheiden: Beide lieben beispielsweise **Fußball**. Doch statt im Verein zu sein wie ihr Bruder, kickt Anni lieber einfach nur so mit Freunden. Sie spielen auch beide **Cello**, doch Tim mag sein Instrument so sehr, dass er jeden Tag übt, um besser zu werden. Im Gegensatz zu Anni, die gerne mal die Cello-Stunde ausfallen lässt, um lieber mit einer Freundin im verschneiten Wald umherzustreifen.

Die Haarschneide-Aktion der Zwillinge ist inzwischen schon eine ganze Weile her. Jetzt ist bereits **Weihnachtszeit**. Um genau zu sein: Es ist der letzte Adventssonntag – am Dienstag ist schon Weihnachten! Anni und Tim können es kaum erwarten. Aber vorher müssen sie noch etwas ganz Dringendes erledigen: **einen Wunschzettel für den Weihnachtsmann**

schreiben! Das haben sie schon so lange vor, und jetzt sind es nur noch wenige Tage!
Sie wissen allerdings, dass sie nicht die Einzigen sind, die so spät dran sind. Viele ihrer Freunde haben sich das Wunschzettel-Schreiben für dieses Wochenende vorgenommen. Auf den letzten Drücker sozusagen. Aber alle in Snorla wissen aus Erfahrung, dass die Wunschzettel trotzdem rechtzeitig am Nordpol ankommen werden.
Die Zwillinge beschließen, gleich nach dem Sonntags-Frühstück loszulegen. Doch dann kommt mal wieder völlig unerwartet etwas dazwischen (Plätzchenbacken, eine Schneeballschlacht, Geschenke für die Eltern basteln und einpacken, Zimmer aufräumen ...), sodass es später und später wird. Erst am Nachmittag schaffen sie es, sich an ihre Schreibtische zu setzen, um die Wunschzettel zu schreiben – natürlich nicht ohne sich mit einem Teller voller frisch gebackener Plätzchen einzudecken! Mit jeweils einem Weihnachtskeks in der Hand machen sich die Zwillinge schließlich ans Werk.

Kapitel 2

Von Babyspinnen und Kuschel-Lamas

Tim weiß schon ziemlich genau, was er sich wünscht, und schreibt drei seiner vier Wünsche sofort auf: *Rennauto, neues Mäppchen, cooler Fahrradhelm.* Bei seinem vierten Wunsch ist er sich aber noch unsicher. Eine Spinne hätte er gerne. Eine Babyspinne, die irgendwann mal richtig groß wird, so ähnlich wie die bei *Harry Potter*. Aber bei dem Gedanken, wie ihm die Spinne vielleicht nachts im Schlaf übers Gesicht krabbelt, ist ihm irgendwie nicht so wohl.

Wobei … Er zögert einen

Moment, dann gibt er sich einen Ruck und schreibt weiter.
Bei Anni, die ihrem Zwillingsbruder schräg gegenübersitzt, geht es mit dem Wünsche-Aufschreiben nicht so schnell. Sie kann sich einfach nicht entscheiden. Es gibt so viele Dinge, die sie gerne zu Weihnachten hätte! Nachdenklich kaut sie an ihrem Kuli.
Tim hält mit dem Schreiben inne. „Was ist los?", fragt er seine Schwester.
Anni blickt zu ihm und seufzt tief. „Ach, ich weiß nicht, was ich mir zuerst wünschen soll."
„Das glaub ich jetzt nicht!", ruft Tim und rollt mit den Augen. „Seit Monaten jammerst du rum, dass du unbedingt auch dieses ...", er räuspert sich und sagt dann mit piepshoher Stimme, „*... so süße, kuschelig-weiche Stoff-Lama mit dem bunten Schal ...* ", dann spricht er wieder normal, „... haben willst, das du bei Crissy gesehen hast." Crissy, eigentlich Christine, ist Annis Freundin. Tim findet sie ziemlich hochnäsig und kann sie nicht ausstehen.

„Ja, ja, ich weiß", gibt Anni zu. „Ich kann mich nur nicht entscheiden, ob das Lama oder die Halskette mit dem roten Stein den ersten Platz auf meinem Wunschzettel bekommt."
Tim schüttelt den Kopf und widmet sich wieder seinen eigenen Wünschen.
Anni überlegt noch einen kurzen Moment und beginnt dann zu schreiben. Sie hat gerade *Lama mit buntem Schal* beendet und will noch in Klammern *superweiches Kuscheltier wie das von Crissy* dazuschreiben, als plötzlich ihre Mama von unten nach ihr und ihrem Bruder ruft.

Kurz darauf hören die Zwillinge auch ihren Papa: „Kommt runter, wir müssen los! Die Schulweihnachtsfeier beginnt gleich!"
Anni stöhnt auf. Ausgerechnet jetzt! Widerwillig lässt sie den Stift sinken. *Dann muss ich den Wunschzettel eben später weiterschreiben*, denkt sie. Sie schnappt sich die Tasche, in der alles drin ist, was sie für die Aufführung braucht, und hastet hinter ihrem Bruder die Treppe hinunter.

Kapitel 3

Geschwister halten zusammen!

Ihre Mama hebt fragend die Augenbrauen, als sie Anni die Treppe herunterkommen sieht. „Wo ist denn das Kleid, das wir dir für die Aufführung gekauft haben?“ Anni schaut Mama herausfordernd in die Augen. „Hab's mir anders überlegt. Ich fand, das Kleid passt doch nicht so zu mir. Und Strumpfhosen kratzen immer so. Deshalb hab ich lieber die bunte Hose angezogen. Die ist auch schick.“

„Aber du hast doch die Rolle als Engel, da kannst du doch nicht ...“, fängt ihre Mama an, doch Annis und Tims Papa legt ihr sofort eine Hand auf die Schulter und schüttelt den Kopf. Er weiß genau, dass Anni stundenlang mit ihnen diskutieren kann, wenn sie etwas Bestimmtes will (oder nicht will), und dafür haben sie heute keine Zeit.

„Ich habe mir auch extra die Haare schön gemacht!", erklärt Anni gut gelaunt und zeigt auf die *Lama-Haarspange* in ihrem kurzen Wuschelhaar.

Da seufzt die Zwillings-Mama und gibt auf.

Tim grinst. Er kennt seine Schwester gut. Im Diskutieren ist sie unschlagbar. Vor allem mit ihren Eltern.

„Jetzt aber los, wenn wir nicht völlig außer Atem bei der Schule ankommen wollen!", reißt Papa ihn aus seinen Gedanken und scheucht alle aus der Tür.

Rasch stapfen die vier *dick eingemummelt* durch den Schnee in Richtung Schule. Da Snorla so klein ist, brauchen sie gar nicht lange, bis sie schließlich an dem kleinen Schulgebäude beim Dorfplatz ankommen.

Jetzt wird Tim doch etwas nervös. Leise murmelt er

seinen Text vor sich hin. „Schaut, dort liegt das Heilige Kind!“, geht er seinen Hirtentext noch mal durch. „Ich will ihm ein Bärenfell schenken, damit es nicht friert und – “ Tim stutzt. Bärenfell?, denkt er. *Hab ich gerade wirklich Bärenfell gesagt?*

Anni, die natürlich bemerkt hat, wie angespannt ihr Bruder ist, wispert ihm zu: „Ich bin auch aufgeregt! Aber zusammen schaffen wir das! Wenn du deinen Text vergisst, helfe ich dir weiter, und wenn ich mal was nicht weiß, dann hilfst du mir, ja?“

Tim nickt. Erleichtert atmet er auf. Jetzt geht es ihm schon besser. Wie gut, dass er eine Zwillingsschwester hat!

Anni nimmt seine Hand, und gemeinsam treten sie in den Schulsaal.

Kapitel 4

Es weihnachtet sehr

Die Weihnachtsaufführung im großen Saal des Schulhauses klappt wie am Schnürchen. Keiner verhaspelt sich oder vergisst etwas. Auch Anni und Tim nicht. Die Direktorin Frau Ullmann, die sich hinter dem Vorhang bereithält, um zur Not weiterzuhelfen, wird kein einziges Mal gebraucht. Nur das Schaf, das eigentlich still neben der Krippe stehen sollte, trabt auf einmal während des Engelgesangs über die Bühne und lässt ein paar Köttel fallen. Herr Ber, der Hausmeister, ist aber sofort mit Schaufel und Kehrbesen zur Stelle und sam-

melt ruckzuck die kleinen Häufchen auf. Nach dem Ende des Stücks gibt es brandenden Applaus – auch für das Schaf.

Froh und glücklich, dass alles so gut geklappt hat, laufen die Zwillinge mit ihren Eltern nach Hause zurück. Während sie durch die Straßen schlendern, bewundert Anni die bunte Weihnachtsdeko, die an den Häusern angebracht ist. Auf den Gehwegen liegt überall hoher Schnee. Er glitzert und funkelt im Licht der Straßenlaternen.
Genau so soll es an Weihnachten aussehen, denkt Anni zufrieden. *Jetzt muss ich nur noch meinen Wunschzettel fertig schreiben und an den Weihnachtsmann schicken, dann kann der Weihnachtsabend kommen.*
Etwa zehn Minuten später erreichen sie ihr Zuhause. Das kleine Forsthaus am Waldrand liegt still da. Der Weg dorthin führt ein Stück bergauf, durch eine breite Schneise, die Annis und Tims Mama jeden Morgen

mit dem Schneepflug freiräumt. Auch an ihrem Haus ist schon die Weihnachtsdeko angebracht und leuchtet vom Dach aus hell in die Nacht. Im verschneiten Vorgarten steht ein mit goldenen Lämpchen beleuchtetes Rentier. Es trägt sogar einen Weihnachtskranz um den Hals. Am besten jedoch gefällt Anni der große silber-schimmernde Stern, der über der Haustür hängt. *Von fern sieht er beinahe echt aus*, findet sie.

Auch Tim mag den Weihnachtsschmuck, den er mit seiner Schwester und ihrem Papa alljährlich am Haus anbringt. Für ihn ist es dann immer so, als ob das Haus in einen Weihnachtsmantel eingehüllt wird. „Weißt du, Weihnachten ist einfach die schönste Zeit im Jahr", sagt er zu seiner Zwillingsschwester.

Anni nickt und hakt sich bei ihm unter. „Da gebe ich dir ausnahmsweise mal recht, Bruderherz!", erwidert sie lächelnd.

Kapitel 5

Eine überraschende Begegnung

Kaum haben Tims und Annis Eltern die Eingangstür aufgeschlossen und das Licht drinnen angemacht, ruft Tim übermütig: „Wer als Erstes oben in unserem Zimmer ist, darf an Weihnachten zuerst Geschenke auspacken!"
Anni reagiert blitzschnell. Sie drängelt sich eilig an den Eltern vorbei und spurtet los. Tim ist nur einen knappen Schritt vor ihr, während sie die Treppe hinaufstürmen. Am oberen Treppenabsatz angekommen, hält Anni ihren Bruder am Ärmel fest und saust an ihm vorbei ins Kinderzimmer.

„Erste! Erste!“, jubelt sie lauthals und knipst das Licht an.

Tim erreicht nur eine Sekunde nach ihr das Ziel. *„Das gilt nicht!“*, beschwert er sich. „Du hast mich festgehalten, und –“ Plötzlich verstummt er, denn er bemerkt, dass das Fenster einen Spaltbreit offen steht. Dabei weiß er ganz genau, dass er es zugemacht hat, bevor sie aufgebrochen sind – schließlich betont ihre Mama immer, dass sie nicht für draußen heizen.

Als Tim genauer hinschaut, entdeckt er auf einmal *zwei kleine, schmale Hände in roten Handschuhen*, die sich von außen am Fenstersims festkrallen.

Anni folgt seinem Blick und schlägt sich erschrocken die Hand vor den Mund. Im nächsten Moment sind die Handschuhe verschwunden. Die beiden hören ein dumpfes *PLUMPS*. Tim läuft zum Fenster und blickt hinaus. Aber es ist weit und breit niemand mehr zu sehen. Nach ein paar Augenbli-

cken zieht er seinen Kopf zurück und schließt sorgsam das Fenster.

„Schau mal!", sagt Anni und zeigt mit großen Augen auf ihren Schreibtisch. „Mein Wunschzettel ist weg! Er hat genau dort gelegen, und jetzt ist er spurlos verschwunden!"

„Stimmt!", stellt Tim erstaunt fest und lässt seinen Blick suchend durch das Zimmer schweifen. „Meiner auch!", ruft er ungläubig, als auch er seinen Wunschzettel nirgends entdecken kann. Ratlos schaut er zu seiner Zwillingsschwester. „Vielleicht war das am Fenster der Weihnachtsmann, der die Wunschzettel geholt hat?"

Anni schüttelt den Kopf. „Also, der Weihnachtsmann war das bestimmt nicht", ist sie sich sicher. „Ich hab meinen Wunschzettel ja noch gar nicht fertig gehabt, den hätte er doch so nicht mitgenommen!"

Tim nickt langsam. „Und eigentlich schicken wir unsere Wunschzettel immer in einem Briefumschlag zum Weihnachtsmann an den Nordpol", überlegt er weiter. „Die Wunschzettel von allen Kindern der Welt einzusammeln, wäre doch viel zu aufwändig für ihn!"

„Außerdem hat der Weihnachtsmann sicher nicht so kleine Finger wie dieser Jemand am Fenster", ergänzt Anni. „Aber wer hat dann unsere Wunschzettel gestohlen?", fragt Tim stirnrunzelnd. „Und warum?"

„Ich weiß nur eines", sagt Anni und stemmt entschlossen die Hände in die Hüften. „Wir müssen den Wunschzetteldieb unbedingt finden und unsere Wunschzettel zurückholen, bevor Weihnachten ist!"

Kapitel 6

Die Zwillings-Detektive machen sich ans Werk

Am nächsten Tag ist Montag – der letzte Schultag vor Weihnachten! Als sich die Zwillinge in dicken Winterjacken und wollwarmen Handschuhen fröhlich auf den Weg zur Schule machen, entdecken sie vor dem Haus einige Spuren im tiefen Schnee.

„Das sind Stiefelabdrücke!", erkennt Tim aufgeregt, als er sich die Spuren genauer anschaut. „Die sind bestimmt von dem Wunschzetteldieb!"

„Wie klein die Abdrücke sind …", bemerkt Anni. „Lass uns mal sehen, wo sie hinführen!"

Die Zwillinge folgen neugierig der Stiefel-Spur, bis diese nur wenige Meter entfernt in einer Schneewehe endet.
„Mist, ab hier ist alles von Schnee bedeckt. Keine Spur mehr von der Spur", stellt Anni fest.
Genau in dem Augenblick öffnet ihre Mama eines der Fenster, um die Bettwäsche auszuschütteln. Sie sieht dabei ein bisschen aus wie Frau Holle. Verdutzt hält sie inne, als sie die Zwillinge entdeckt. „Was macht ihr denn? Ihr kommt noch zu spät zur Schule!"
„Wir haben hier eine Spur gefunden und glauben, dass ...", beginnt Tim, doch da stößt ihm Anni den Ellenbogen in die Seite und legt unauffällig den Zeigefinger auf die Lippen.
„Wir haben doch ausgemacht, dass wir Mama und Papa nichts von dem Wunschzetteldieb sagen, weil wir ihn selbst finden wollen!", raunt sie ihrem Bruder ver-

schwörerisch zu. Dann dreht sie sich um und ruft ihrer Mama zu: „Wir wollten uns das hier nur kurz anschauen. Ist bestimmt von einem Reh! Aber jetzt machen wir uns auf den Weg!“ Anni hakt sich bei Tim unter, schlägt die Richtung zur Schule ein und winkt ihrer Mama zum Abschied.

„Vielleicht wäre es doch besser, unseren Eltern Bescheid zu geben“, meint Tim nachdenklich, während sie durch die Schnee-Schneise bergab laufen.

Doch Anni schüttelt energisch den Kopf. „Jetzt noch nicht. Zuerst machen wir uns selbst auf die Suche! Wie richtige, echte Detektive!“, sagt sie und strahlt dabei wie ein Honigkuchenpferd.

Tim seufzt. „Na gut, Schwesterchen“, gibt er nach. „Aber Crissy erzählst du auch nichts! Die will ich nicht dabeihaben. Okay?“

Anni überlegt einen Moment. „Okay“, stimmt sie schließlich zu. „Nur wir zwei. Dann sind wir nicht *Die drei ???* sondern Die zwei Zwillings-Detektive!“ Sie grinst.

Tim schmunzelt. „Zwillings-Detektive … das klingt echt gut!"

Kurz vor Schulbeginn erreichen sie das kleine rote Schulhaus am Dorfplatz. Das Dach ist mit einer dicken Schneeschicht bedeckt, sodass nur noch der Giebel zu sehen ist. Ein Kranz aus Fichtengrün ziert die Eingangstür, und die Fenster sind mit leuchtend bunten Papiersternen geschmückt, die die Erstklässler gebastelt haben. Im Schulhof steht ein Weihnachtsbaum mit perlmutt-glänzenden Kugeln daran, auf denen goldene Sternchen glitzern. Die Tannenzweige sind so verschneit, dass sie sich unter dem vielen Schnee schon nach unten biegen. So richtig weihnachtlich sieht alles aus!
Anni und Tim haben heute jedoch keinen Blick dafür.
„So was Blödes, dass die Spur im Schnee uns nicht weitergebracht hat." Anni kickt verärgert in einen Schneehaufen.

„Und was machen wir jetzt?“, fragt Tim stirnrunzelnd.
„Wie sollen wir den Dieb aufspüren?“
„Wir brauchen …“, beginnt Anni.

„… einen Plan“, beendet Tim ihren Satz. „Einen richtig guten Plan!“
Anni lächelt bis über beide Ohren. „Zwei Zwillinge, ein Gedanke.“
Nachdenklich gehen sie auf die Eingangstür zu.

„Ich hab's!“, sagt Anni plötzlich mit leuchtenden Augen. „Wir schauen uns einfach in der Pause auf dem Schulhof um, wer rote Handschuhe trägt. Vielleicht ist der Wunschzetteldieb ja jemand aus der Schule!“
Tim nickt anerkennend. „So machen wir es! Wenn wir jemanden mit roten Handschuhen entdecken,

dann überrumpeln wir den Dieb, und *zack!*", er öffnet seine Hand und schlägt mit der Faust darauf, „haben wir ihn – oder sie – entlarvt! Dann bekommen wir unsere Wunschzettel zurück! Ruckzuck!"

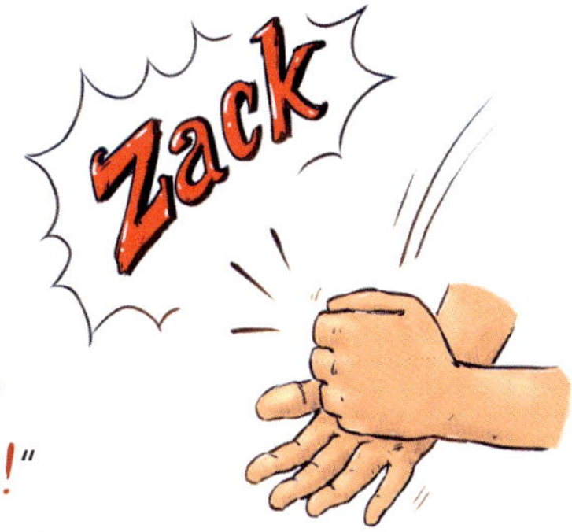

Anni klatscht begeistert in die Hände.

„Ruckzuck!"

Während die Zwillinge voller Vorfreude auf ihre Detektiv-Arbeit das Schulhaus betreten, ahnen sie noch nicht, dass alles ganz anders kommt als gedacht …

Kapitel 7

Noch mehr verschwundene Wunschzettel

Als die Zwillinge in ihrem Klassenzimmer ankommen, herrscht dort große Aufregung. Viele Schüler und Schülerinnen stehen in kleinen Grüppchen herum und diskutieren lautstark. Anni und Tim schauen sich überrascht an.

„Was ist denn hier los?", fragt Anni leise.
Tim zuckt mit den Schultern. Neugierig stellen sie sich zu der Gruppe, in der auch Annis Freundin Crissy ist, und hören gespannt zu.
„... und als ich zurückkam, war mein Wunschzettel weg!", erzählt gerade Lars.

„Meiner auch!“, sagt Malte mit großen Augen. „Dabei hab ich noch gar nicht alles aufgeschrieben, was ich mir zu Weihnachten wünsche!“

Sue verschränkt die Arme. „Also, *mein* Wunschzettel liegt noch zu Hause auf dem Tisch, das weiß ich ganz genau. Den wollte ich noch an den Weihnachtsmann schicken. Ich hab auch schon einen Briefumschlag mit der Nordpol-Adresse fertig gemacht“, erklärt sie.

„Bin ich froh, dass ich meinen Wunschzettel für den Weihnachtsmann schon vor einer Woche abgeschickt hab“, murmelt Tornike vor sich hin.

Selin, die Klassensprecherin, schaut Malte und Lars nachdenklich an. „Habt ihr eure Wunschzettel vielleicht irgendwo hingelegt und wisst nicht mehr, wo?“

Doch Malte und Lars schütteln die Köpfe.

„Dann hat jemand die Wunschzettel gestohlen!“, ruft Crissy laut.

„Und wer?“, fragt Selin.

Alle beginnen wild durcheinanderzureden.

Anni und Tim können es kaum glauben: Auch die Wunschzettel der anderen Kinder sind weg!

„Vielleicht war es ein Magier?“, wirft Li ein. „Ich war am Freitag mit meiner Familie bei einer Zauber-Show. Die beiden Magier haben einfach so Sachen verschwinden lassen! Sogar eine ganze Kuh!“

Crissy hebt spöttisch eine Augenbraue. Sie öffnet den Mund, aber noch ehe sie etwas sagen kann, pufft Anni, die neben ihr steht und sie genau kennt, ihr warnend in die Seite. Crissy schließt den Mund wieder und verkneift sich das, was sie erwidern wollte.

Während Anni weiter zuhört, was in ihrer Gruppe besprochen wird, schaut sich Tim zu den anderen im Klassenzimmer um.

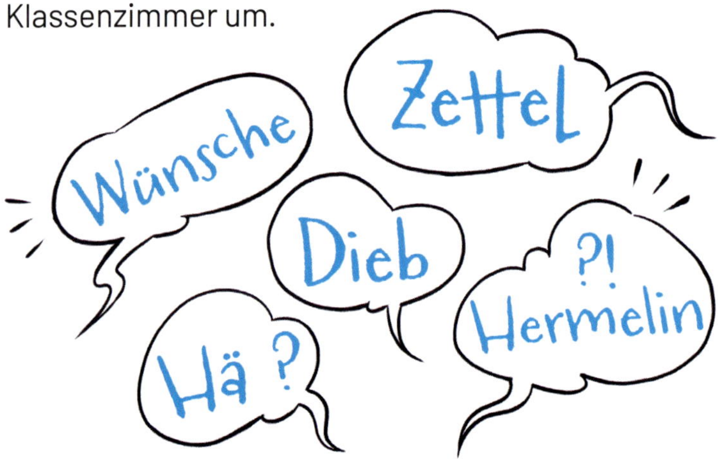

Immer wieder schnappt er einzelne Wörter auf: Wünsche, Zettel, Dieb, Hermelin … Hermelin???

Tim stutzt. *Hat er richtig gehört, dass jemand glaubt, ein Hermelin habe all die Wunschzettel geklaut?* Er will gerade etwas zu Anni sagen, doch in dem Moment kommt mit eiligen Schritten Frau Koos, die Klassenlehrerin, ins Zimmer hereingestürmt.

„Tut mir leid, dass ich so spät bin!“, entschuldigt sie sich und wirft schwungvoll ihre Tasche auf ihr Pult. „Aber jetzt fangen wir sofort an.“

Die Gespräche verebben, und rasch begeben sich alle auf ihre Plätze.

„Letzten Freitag haben wir verschiedene Weihnachtsbräuche kennengelernt. Heute reden wir über den Weihnachtsmann und seine Helfer …“, beginnt Frau Koos.

„Wir besprechen uns in der großen Pause“, wispert Tim seiner Schwester noch zu, bevor der Unterricht beginnt.

Kapitel 8

Der Kreis der Verdächtigen

In der großen Pause verziehen sich die Zwillinge in eine ruhige Ecke auf dem Schulhof, um ungestört miteinander sprechen zu können.

„Schau dich mal um“, fordert Anni ihren Bruder mit einem Nicken auf. „So viele stehen da und reden aufgeregt miteinander. Ich vermute, es gibt noch viel mehr Kinder, denen die Wunschzettel fehlen! Nicht nur in unserer Klasse. Und keiner hat eine Ahnung, wer der Dieb sein könnte.“

„*Das ist alles echt komisch!*“, sagt Tim und beißt herzhaft in den Blaubeermuffin, den seine Mama ihm für die Pause mitgegeben hat. Für einen kurzen Moment ist er abgelenkt. „Mamas Blaubeermuffins sind einfach die Besten", sagt er genüsslich kauend.

Anni grinst. Sie weiß, dass ihr Zwillingsbruder nichts lieber mag als Blaubeermuffins. Wenn es nach ihm ginge, würde es sie jeden Tag geben. Zum Frühstück, zum Mittag- und Abendessen. Und dazwischen auch noch. Was sie wirklich nicht verstehen kann, denn Schokomuffins sind eindeutig die bessere Wahl. Zumindest für sie.

Als Tim seinen Muffin vertilgt hat, schaut er seine Schwester fragend an. „Und was machen wir jetzt?"

Anni spuckt in die Hände und wischt Tim einige Blaubeerflecken von der Wange – was Tim ein bisschen eklig findet. Zwillinge hin oder her.

Dann streift Anni die feuchten Hände an ihrer Hose ab und sagt entschlossen: „Jetzt wird es Zeit, an die Arbeit zu gehen! Lass uns mal checken, wer heute rote Handschuhe anhat."

Unauffällig schauen sich die Zwillinge um. Sie entdecken zwar einige Kinder, die rote Handschuhe tragen, aber die sehen alle ganz anders aus als die Fäustlinge von dem Dieb.

„Der hatte auch viel kleinere Hände", ist sich Tim sicher.

Nachdenklich reibt sich Anni übers Kinn. So hat sie es mal bei einem Detektiv in einer Serie gesehen. Jetzt kann sie die Geste endlich anwenden! „Vielleicht müssen wir erst mal überlegen, warum jemand so was tut. Dann können wir den Kreis der Verdächtigen eingrenzen", sagt sie fachkundig.

Tim schmunzelt. „Du klingst wie eine echte Detektivin!"

Anni strahlt. „Ja, oder?"

„Deine Idee ist super!" Er nickt anerkennend. „Also, welche Gründe gibt es, dass jemand Wunschzettel stiehlt?"

„Vielleicht, um einen Streich zu spielen?", vermutet Anni. „Damit keiner Geschenke vom Weihnachtsmann bekommt außer ihm selbst?"

„Das wäre ein echt gemeiner Streich …" Tim schaut prüfend über

den Schulhof. „Das kann ich mir bei niemandem hier vorstellen."

„Hm, man kann nie wissen …", widerspricht Anni und überlegt weiter. „Es müsste jemand sehr Junges sein … jemand, dem so kleine Handschuhe passen. Vielleicht ein Kindergartenkind …"

„Aber welches Kind in dem Alter darf denn abends in der Dunkelheit alleine raus?", gibt Tim zu bedenken.

„Vielleicht gibt es einen Komplizen? Einen älteren Bruder oder eine Schwester?", erwidert Anni.

„Fragen über Fragen." Tim seufzt tief. „Ich glaube, es wird doch nicht so einfach, den Dieb zu überführen."

Plötzlich schnipst Anni mit den Fingern. „Ich hab eine Idee!"

Kapitel 9

Ein Plan wird geschmiedet

Tim blickt seine Schwester fragend an. „Und welche?"

Anni zwinkert ihrem Bruder fröhlich zu. „Wart's ab! Sue hat doch vorhin gesagt, dass ihr Wunschzettel noch auf ihrem Schreibtisch liegt, richtig?"

Tim nickt.

Anni zieht ihn näher an sich heran, damit niemand mithört, und wispert ihm ins Ohr: „Was, wenn der Dieb gestern keine Zeit hatte, ALLE Wunschzettel zu stehlen, und noch mal kommt, um die restlichen zu holen?"

Plötzlich wird Tim ganz aufgeregt. „Das ist es! Der Wunschzetteldieb kommt heute Abend wieder, um sich auch noch Sues Wunschzettel zu schnappen! Es ist seine letzte Gelegenheit, weil ja morgen schon Weihnachten ist! Wir müssen nur in der Nähe von Sues Zuhause sein und abwarten, und dann können wir den Dieb auf frischer Tat ertappen! Du bist genial, Schwesterchen!"

Anni platzt beinahe vor Stolz. „Wir legen uns heute

Abend auf die Lauer!", spinnt sie den Plan weiter. „Gut, dass Sue und ihre Familie so nah bei uns wohnen. Von unserem Fenster aus können wir das Haus gut sehen. Wir bekommen es bestimmt mit, wenn da jemand herumhuscht!"

Da erinnert sich Tim an etwas. „Wir haben doch zum Geburtstag dieses tolle Fernglas bekommen", sagt er. „Damit können wir alles genau beobachten."

Anni nickt begeistert. „Und wenn wir den Dieb entdecken, schleichen wir ihm nach und schauen, wo er wohnt. Dann haben wir ihn – oder sie!", fügt sie hinzu und wird ganz hibbelig vor lauter Aufregung. Anni stellt sich bildhaft vor, wie sie dem Wunschzetteldieb nach Hause folgen, dann an der Tür klingeln und mit sehr ernster Stimme die Rückgabe der gestohlenen Wunschzettel verlangen. In so einem todernsten Tonfall, wie ihn ihre Mama immer hat, wenn Tim und sie etwas ausgefressen haben.

Gerade stellt Anni sich vor, wie sie dem Dieb die gestohlenen Wunschzettel triumphierend aus der Hand

reißt, sie an alle zurückgibt und dann zusammen mit ihrem Bruder als beste Zwillings-Detektive der Welt in ganz Snorla gefeiert wird, als Tim sie abrupt aus ihren Gedanken reißt.

„Wenn wir ganz sicher sind, wer es ist, rufen wir die Polizei und unsere Eltern dazu", sagt er sachlich.

Anni rollt mit den Augen.

„Versprich es!", verlangt Tim.

„Ja, ja, wenn es unbedingt sein muss", gibt sie widerwillig nach. Dann bückt sie sich, formt blitzschnell einen Schneeball, wirft ihn grinsend auf ihren Zwillingsbruder und springt lachend davon.

Kapitel 10

Auf der Lauer

Während des Abendessens hält es Tim und Anni kaum auf ihren Stühlen. Rasch schlingen sie die Käsebrote hinunter, trinken ihre Milch und rasen dann die Treppe nach oben in ihr Kinderzimmer, um sich hinter dem Fenster auf die Lauer zu legen.

Tim verzichtet dafür sogar auf das abendliche Cello-Üben. *Heute ist er als Zwillings-Detektiv gefragt, da muss das Cello ausnahmsweise mal warten!* Vom Fenster aus wirft er einen Blick über die Schulter zur Uhr auf dem Nachttisch. „Um die Zeit muss der Dieb gestern in unserem Zimmer gewesen sein", stellt er fest.

Ob er wohl auch heute wieder unterwegs sein wird?, fragt sich Anni gespannt.

Inzwischen ist es schon längst dunkel draußen, und es hat wieder angefangen zu schneien. Dicke Schneeflocken fallen vom Himmel. Sues Zuhause können die Zwillinge jedoch deutlich sehen. Die Weihnachtsbeleuchtung blinkt hell, sodass das Haus im Lichterschein gut zu erkennen ist. Trotzdem kramt Tim das Fernglas aus seiner Schublade hervor. Als er damit zurück zu Anni ans Fenster geht, schnappt sie ihm das Fernglas frech aus der Hand, noch bevor Tim einmal hindurchschauen kann.

„He!", beschwert er sich und seufzt dann. Wenn seine Schwester ihren Willen durchsetzen möchte, kann nichts und niemand sie davon abbringen. Also überlässt er das Fernglas erst mal ihr. Sie wird es ihm gleich wieder zurückgeben, das weiß er genau.

Gespannt hebt Anni das Fernglas vor ihre Augen und wirft einen prüfenden Blick hinüber zur Eingangstür

mit den großen Glasscheiben. Drinnen im Haus ist es dunkel. Aber das wundert Anni kein bisschen. Sie weiß, dass Sue und ihre Familie gerade bei einem Weihnachtskonzert sind, denn das hat Sue ihnen nach der Schule auf ihrem gemeinsamen Nachhauseweg verraten.

Tim macht das Licht im Kinderzimmer aus und stellt sich dann wieder zu Anni. „Und, siehst du was?“, fragt er.

„Ich sehe …“, beginnt sie.

Tim hält vor Spannung den Atem an.

„… nichts“, endet Anni schließlich. „Keiner da. Niemand, außer dem aufblasbaren Plastik-Weihnachtsmann neben der Tür. Sieht aus, als ob er uns zuwinken würde. Aber sonst bewegt sich da drüben rein gar nichts.“ Enttäuscht lässt Anni das Fernglas sinken und gibt es an ihren Bruder weiter.

Tim nimmt es schmunzelnd entgegen. *Wusste ich doch, dass sie es mir gleich zurückgibt!*, denkt er.

Dann blickt er suchend hindurch. „Vielleicht kommt der Dieb heute ein bisschen später, und –“ Plötzlich hält er inne. *„Warte! Da ist doch was ...“*

Anni späht aus dem Fenster und trippelt ungeduldig von einem Fuß auf den anderen. *„Was? Wo?“*, fragt sie und verengt die Augen, um besser sehen zu können.

„Ich glaub, ich hab einen *Schatten* an Sues Fenster gesehen“, antwortet Tim, während er *hoch konzentriert* durch das Fernglas starrt. „Aber vielleicht irre ich mich auch ...“

„Tatsächlich! Jetzt sehe ich es auch!“, ruft Anni. „Da steigt jemand aus dem Fenster! Jemand Kleines mit einer Mütze und roten Handschuhen! Und er trägt einen Sack auf dem Rücken!“

„Das muss der Wunschzetteldieb sein!“ Vor Aufregung bekommt Tim ganz schwitzige Hände. „Und weit und breit ist kein Komplize zu sehen!“, erkennt Anni sofort. „Jetzt schnappen wir ihn!“

Doch noch ehe die beiden reagieren können, lässt sich die Gestalt vom Fenstersims in den Schnee fallen, rappelt sich in Windeseile auf, schaut sich um und huscht davon.

„Schnell hinterher!“, ruft Anni und rennt aus dem Zimmer.

Kapitel 11

Eine heiße Spur

Tim rast seiner Schwester hinterher, aber sie ist so schnell, dass sie schon angezogen mit ihrer Jacke an der Tür steht, als er unten ankommt. Da taucht sein Papa aus der Küche auf. Er hält eine saubere Müslischale in der Hand, die er sorgsam mit einem Küchentuch abtrocknet.

Fragend schaut er zu den Zwillingen. „Wo wollt ihr denn jetzt *so spät* noch hin?"

„Wir … äh …", stammelt Tim, während er in Gedanken fieberhaft nach einer Ausrede sucht.

Anni rollt mit den Augen – aber so, dass die beiden es

nicht sehen. „Also, wir wollen noch schnell in die Sporthalle und mit den anderen ein bisschen kicken. Rafa und Tornike sind schon dort“, erklärt sie, ohne zu zögern.

Ihr Papa schaut auf die Uhr. „Na gut, aber bis spätestens neunzehn Uhr seid ihr wieder da, okay?“

Tim und Anni nicken gleichzeitig. Schwungvoll wirft sich Anni einen Schal um, schnappt sich ihre Wollmütze und eilt nach draußen. Tim schlüpft in seine roten Sneaker, die er zu *jeder* Jahreszeit trägt, reißt seine Jacke von der Garderobe und läuft mit einem „Tschüsli, Müsli!“ ebenso hinaus.

Laut schlägt die Tür hinter den Zwillingen zu. Es hat zwar aufgehört zu schneien, aber es weht ein eisiger Wind. Als Tim sich umschaut, sieht er Anni nur wenige Meter entfernt, dicht über etwas im Schnee gebeugt.

„Ich habe wieder eine Spur gefunden!", erklärt sie, als ihr Bruder zu ihr aufschließt, und weist ihn stolz auf die Abdrücke im frisch gefallenen Schnee hin.
Tim inspiziert die Spur genauer. „Also, ein Hermelin war das sicherlich nicht", stellt er fest und kichert in sich hinein.

„Was redest du da? Das sind eindeutig die Stiefelabdrücke des Wunschzetteldiebs! So wie die heute Morgen." Anni richtet sich auf, klopft sich den Schnee von der Hose und späht in die Seitenstraße, zu der die Spur führt.
„Ich weiß! Ich musste nur an die Gerüchte denken, die heute in der Schule die Runde gemacht haben, und ...", beginnt Tim, wird jedoch von Anni jäh unterbrochen.
„Ja, ja, erzähl mir das später", sagt sie ungeduldig. „Los jetzt, keine Zeit verschwenden! Wir müssen den Dieb schnappen!" Mit diesen Worten flitzt sie wieder los.
Seufzend rennt Tim ihr hinterher.

Er biegt ebenso in die Seitenstraße ein und sieht, wie Anni ein Stück weiter vorne direkt auf ein blaues Haus zuläuft. Da das Dorf so klein ist, kennen die beiden sich hier natürlich bestens aus. Deshalb weiß Tim auch sofort, dass in dem blau-gestrichenen Haus Rafa mit seiner Familie wohnt. Rafa ist zwar ein wenig jünger als die Zwillinge, kann aber wahnsinnig gut Fußball spielen. Deshalb verabreden sich Tim und Anni gerne zum Kicken mit ihm.

Was will Anni denn bei Rafas Haus?, fragt Tim sich. Dann fällt es ihm wie Schuppen von den Augen. *Vielleicht ist Rafa der Wunschzetteldieb!* Er legt noch ein wenig mehr Tempo zu und hat Anni schon beinahe eingeholt, da bleibt sie plötzlich mit einem Ruck stehen. Tim wäre beinahe in sie hineingestolpert.

Anni duckt sich hinter ein paar Mülltonnen und zieht Tim rasch mit sich hinunter. Sie dreht sich zu ihrem Zwillingsbruder um, legt den Zeigefinger über die Lippen und weist mit dem Daumen der anderen Hand in Richtung von Rafas Haus.

Als Tim vorsichtig um die Mülltonnen lugt, kann er im Schatten des Hauses eine kleine Gestalt erkennen, die sich einen **großen Sack** auf die Schulter lädt und dann langsam weitergeht. Im Licht der Straßenlaternen sieht Tim, dass die Gestalt eine Zipfelmütze, Handschuhe sowie eine knielange Jacke trägt. *Also, das ist auf keinen Fall Rafa!*, weiß er sicher. *Aber wer dann?*

Kapitel 12

Die Idee mit der Abkürzung

„Jetzt haben wir den Dieb *auf frischer Tat* ertappt!“, freut sich Anni. „Ich hab gesehen, wie er einige *Zettel* in seinen Sack gesteckt hat, als er aus Rafas Haus kam! Das waren bestimmt Wunschzettel. Der ganze Sack muss damit gefüllt sein!“, entrüstet sie sich.

Plötzlich blickt sich die Gestalt um, biegt in einen schmalen Weg ein und verschwindet dann rasch hinter Rafas Haus. Tim und Anni wissen genau, wohin der Weg führt.

„Er will zum Wald“, stellt Tim fest und richtet sich auf. „Aber warum?“

Anni zuckt mit den Achseln. Sie steht auf und rennt dem Dieb entschlossen hinterher.

„Hast du gesehen, was er für komische Sachen anhat?", fragt Tim weiter, während er neben seiner Schwester herläuft.

Anni zieht die Stirn kraus. „Also, entweder es ist wirklich ein kleines Kind aus dem Dorf, das sich verkleidet hat ..."

Tim schaut sie zweifelnd an.

„... oder es ist ein Zwerg", endet Anni.

Jetzt blickt Tim sie noch zweifelnder an.

Plötzlich fällt Anni etwas ins Auge. Sie bleibt stehen, bückt sich und hebt zwei Zettel auf, die im Schnee liegen.

„Schau mal", sagt sie überrascht. „Das sind ..."

„... Wunschzettel!", beendet Tim Annis Satz, wäh-

rend er einen Blick über ihre Schulter wirft. „Die müssen dem Dieb aus dem Sack gefallen sein!"
Anni faltet die Zettel zusammen und steckt sie vorsichtig ein. „Das ist aber kein besonders guter Dieb, der sein Diebesgut unterwegs verliert", meint sie missbilligend.
Auf einmal fällt Tim etwas ein. „Wir können doch die Abkürzung durch die Holdergasse nehmen, dann sind wir schneller beim Wald und können den Dieb da abfangen!", schlägt er aufgeregt vor und läuft geradeaus weiter, statt in den Weg einzubiegen, den der Dieb genommen hat.

„Das ist ein ausgezeichneter Einfall, Bruderherz!", lobt Anni. Sie kann es kaum noch erwarten: *Gleich würden sie den Dieb stellen und dann endlich wissen, wer es ist!*

Kapitel 13

Die geheime Tür

Die Zwillinge rennen in *Windeseile* zum Waldrand und schaffen es tatsächlich, noch vor dem Wunschzetteldieb dort zu sein. Schnell verstecken sie sich hinter einem dicken Baumstamm und warten darauf, dass er sich zeigt. Nur wenige Augenblicke später taucht tatsächlich die kleine Gestalt auf, die Anni und Tim bei Sues und Rafas Häusern gesehen haben. Die Stiefel des Diebs knirschen laut im Schnee, als er auf die Waldlichtung zu stapft.

„Da ist er!", wispert Tim aufgeregt.

Gespannt beobachten die Zwillinge, wie der Dieb während des Gehens die letzten Wunschzettel, die er gesammelt hat, in den Sack auf seinen Schultern stopft. Als er nicht mehr weit entfernt ist, ziehen Anni und Tim rasch ihre Köpfe zurück, um nicht entdeckt zu werden. Hinter den Stamm geduckt und mit angehaltenem Atem hören sie, wie der Dieb immer näher kommt. Dann halten sie es nicht mehr aus: Vorsichtig lugen sie um den Baum herum, aber nur so weit, dass gerade mal ihre Nasenspitzen zu erkennen sind (und das auch nur, wenn man genau hinsieht). Zielstrebig geht der Dieb auf eine uralte hohe Eiche zu, die ganz am Rand steht und deren Zweige sich tief zum Boden beugen. *Er fühlt sich so sicher, dass er sich nicht einmal umschaut, ob ihn vielleicht jemand beobachtet!*, denkt Anni überrascht.

Die Zwillinge staunen mit offenen Mündern, als sie den Dieb aus der Nähe sehen. Er ist knapp kniehoch, hat eine grüne Jacke an, die ihm bis über die Hüfte reicht, trägt eine weiß-rot gekringelte Strumpfhose, spitze grüne Stiefel und die roten Handschuhe, die Tim und Anni bereits kennen. Das Erstaunlichste jedoch sind seine Ohren, die unter der roten Weihnachtsmütze hervorblitzen, denn die sind nämlich – spitz!
Tim flüstert: „Er sieht aus wie ein …"

„… Weihnachtskobold!", beendet Anni seinen Satz mit leiser Stimme.
„So wie der, von dem Frau Koos heute im Unterricht erzählt hat!", staunt Tim.
Fassungslos starren die Zwillinge das magische Wesen an. Sie können kaum glauben, dass nur wenige Me-

ter von ihnen entfernt ein echter Kobold steht!

„Ich frage mich: Warum stiehlt ausgerechnet ein Weihnachtskobold Wunschzettel? Der hilft doch eigentlich dem Weihnachtsmann", wispert Anni ihrem Bruder zu.

„Gute Frage! Lass uns abwarten und sehen, was er vorhat, bevor wir uns zeigen", schlägt Tim mit Flüsterstimme vor.

Das kleine Männchen konzentriert sich ganz auf die Eiche vor ihm. Mit geschlossenen Augen murmelt es einige koboldmagische Worte, bis sich im Baumstamm immer deutlicher ein Muster formt.

„Eine Geheimtür!", haucht Anni begeistert. Ihr ganzer Körper beginnt vor Aufregung zu kribbeln.

Knirschend schwingt die magische Tür auf. Dahinter strahlt ein goldenes Licht.

Der Kobold öffnet die Augen und gibt einen zufriedenen Laut von sich. Noch immer völlig ahnungslos, dass er heimlich beobachtet wird, singt er leise vor sich hin:

„Pukilein, ganz allein, sammelt alle Wunschzettel ein ...
Jetzt geht's nach Haus, bring die Geschenke raus ...
Lalala ... Lalala ... "

Verdutzt schauen sich die Zwillinge an.
Der Weihnachtskobold rückt fröhlich summend den Sack mit den Wunschzetteln auf seiner Schulter zurecht. Dann macht er einen Schritt auf die Zaubertür zu – und geht hindurch. Noch ehe Tim und Anni reagieren können, ist er auch schon verschwunden.

Kapitel 14

Ein Licht am Ende des Tunnels

Anni springt auf. „Los, komm! Er darf uns jetzt nicht einfach so entwischen!" Sie schnappt sich Tims Hand und zieht ihren Bruder hinter sich her.

Genau in dem Augenblick beginnt die Tür, sich langsam zu schließen. Die Zwillinge spurten darauf zu, und Annis Herz hämmert ganz schnell. Würden sie es noch rechtzeitig schaffen?

In letzter Sekunde, als die Tür gerade noch einen Spaltbreit offen ist, erreichen sie sie und hechten hindurch.

Mit einem lauten RUMMS schließt sich die magische Tür hinter ihnen.

Atemlos sehen sich Anni und Tim um. Sie stehen in einem Tunnel ganz aus Holz. Überall an den Wänden sind kleine Kristalle angebracht, die in verschiedenen Farben schimmern und alles in ein zauberhaftes Licht tauchen.
Als ob wir eine ganz andere Welt betreten hätten, denkt Anni staunend. Im Gegensatz zu der Eiseskälte draußen ist es hier mollig warm. Sogar so warm, dass sie ihre Mütze auszieht und die Jacke öffnet. „Viel besser", sagt sie zufrieden. Dann blickt sie ihren Bruder grinsend an. „Tim, ich glaube, wir sind nicht mehr in Kansas." Anni kichert.
Tim versteht die Anspielung auf den *Zauberer von Oz* sofort. Klar, schließlich sind sie ja Zwillinge! Außerdem haben sie den Film mindestens schon dreimal zusammen gesehen. Und natürlich das Buch gelesen. Trotz-

dem kann er nicht mitlachen. „Wie kannst du jetzt Witze machen?“, fragt er. Misstrauisch schaut er sich um. Von dem Weihnachtskobold ist weit und breit nichts zu sehen. Als Tim sich zum Tunnelende dreht, entdeckt er dort ein kleines, flackerndes Licht. *Wo der Tunnel wohl hinführt?*, fragt er sich. „Vielleicht sollten wir lieber wieder zurück“, meint er stirnrunzelnd.

Doch Anni schüttelt energisch den Kopf. „Auf gar keinen Fall! Jetzt sind wir schon so weit gekommen!“ Sie zeigt auf das Ende des Tunnels. „Außerdem will ich unbedingt wissen, was dahinter ist!“, sagt sie entschlossen.

Tim würde am liebsten umkehren. So ganz geheuer ist ihm das alles nicht. Aber er kann ja seine Schwester nicht alleine hierlassen! *Also muss ich jetzt mutig sein!*, denkt er. *Und zusammen schaffen wir das sicher!* Beherzt nimmt er Annis Hand, und gemeinsam gehen sie auf das Tunnelende zu.

Kapitel 15

In der Weihnachtswunderwelt

Als die Zwillinge aus dem Tunnel treten, trauen sie ihren Augen kaum. Vor ihnen erstreckt sich ein weitläufiger, runder Raum, der weihnachtlich dekoriert ist. Allerdings haben sie noch nie zuvor *so* viel Weihnachtsschmuck auf einmal gesehen! Überall funkelt und glitzert es. Nicht nur ein, sondern sogar ZWEI Weihnachtsbäume stehen rechts von einem offenen Kamin, in dem ein gemütliches Feuer flackert.

Das war also das Licht, das ich vorhin im Tunnel bemerkt habe!, erkennt Tim jetzt.

Die Bäume sind mit strahlend-goldenen, silber-glänzenden und rot-schimmernden Weihnachtskugeln, tonnenweise Lametta und allerlei Baumschmuck behängt. Ganz oben auf der Spitze des einen Baums prangt ein leuchtender Weihnachtsstern. Vor dem Kamin steht ein Schaukelstuhl mit einer flauschigen roten Decke, die über und über mit goldenen Sternen bestickt ist. Am Kamin hängen rote und grüne Socken, und den Kaminsims zieren mehrere Tannenzweige. Eine Sternen-Lichterkette erleuchtet einen grünen Kranz mit einer roten Schleife an der Wand darüber. In den Ecken stehen zahllose kleine und große Laternen.

Annis Blick wandert weiter zu den großen bodentiefen Fenstern. Draußen glitzert im Licht des Mondes eine Landschaft aus Schnee und Eis. In der Ferne sind einige Eisberge zu erkennen. Zwei große Eisbären ziehen langsam am Fenster vorbei. Ein kleiner Eisbär hoppelt hinterher.

Anni starrt die Eisbären-Familie entgeistert an. „Sind wir etwa am Nordpol gelandet?", fragt sie ihren Bruder. Tim zuckt mit den Schultern. „Vielleicht ist das hier

so eine Art Nordpol-Weihnachtswunderwelt",
antwortet er, während er sich weiter umsieht. An der gegenüberliegenden Wand entdeckt er einige Bilderrahmen. Neugierig geht er näher heran. Auf allen Bildern sind ein Weihnachtskobold mit roter Zipfelmütze und ein Weihnachtsmann zu sehen: wie sie zusammen Urlaub auf einer tropischen Insel machen oder fröhlich bergeweise Weihnachtsgeschenke einpacken, wie sie mit einem Rentierschlitten hoch durch die Lüfte gleiten, gemeinsam am Kamin heißen Tee schlürfen oder sich an einem zugefrorenen See lachend eine Schneeballschlacht liefern.

Ob das der Kobold ist, der unsere Wunschzettel geklaut hat?, fragt Tim sich. Plötzlich fällt ihm etwas ins Auge. Hektisch winkt er Anni zu sich. „Schau mal!", raunt er und weist auf das Bild mit der Schneelandschaft.

Anni geht zu ihm und betrachtet das Foto genauer. Als sie Tim nur einen verwirrten Blick zuwirft, zeigt ihr Zwillingsbruder auf das klitzekleine Dorf im Hintergrund. „Das ist doch ..."

„... unser Dorf Snorla!" Jetzt erkennt Anni es auch. „Was hat das alles zu bedeuten?", fragt sie mit großen Augen. Auf einmal hören die Zwillinge ein Geräusch. Erschrocken drehen sie sich um und entdecken ...

Kapitel 16

Das Geschenkezimmer

… einen weiteren Raum. Das Geräusch, das die Zwillinge gehört haben, kam genau von dort und klang so, als ob jemand an etwas *knabbern* würde. Wer ist das? Tim schiebt seine Schwester beschützend hinter sich. „Ich schau mal nach, wer da drin ist", sagt er im Ich-bin-dein-großer-Bruder-und-pass-auf-dich-auf-Ton. Ihm ist zwar etwas mulmig zumute, aber wenn es um seine Zwillingsschwester geht, stellt er sich tapfer jeder Herausforderung.
Doch Anni weigert sich prompt. *„Spar dir das"*, sagt sie. „Ich bin nur eine Minute nach dir geboren und ge-

nauso stark wie du! Wer weiß, vielleicht muss *ich* dich ja beschützen!“ Mit verschränkten Armen stellt sie sich neben ihn.

Tim will gerade anfangen, mit ihr zu diskutieren, obwohl er weiß, dass sie IMMER das letzte Wort hat, da ist wieder das Knabber-Geräusch zu hören …

Gespannt blicken Anni und Tim in den Raum nebenan – und kommen aus dem Staunen nicht heraus: Unzählige Geschenke liegen dort! Kleine, große, quadratische, flache, runde Pakete verpackt in buntem Papier, mit Schleifen und Bändern verziert. Dicht an dicht stapeln sie sich bis unter die Decke. Es ist ein ganzer Berg an Geschenken!

Und mittendrin steht … ein Lama! Ein echtes, lebendiges Lama mit flauschigem Fell und einem bunten Schal um den Hals! Daneben befinden sich ein Eimer Wasser und etwas Heu.

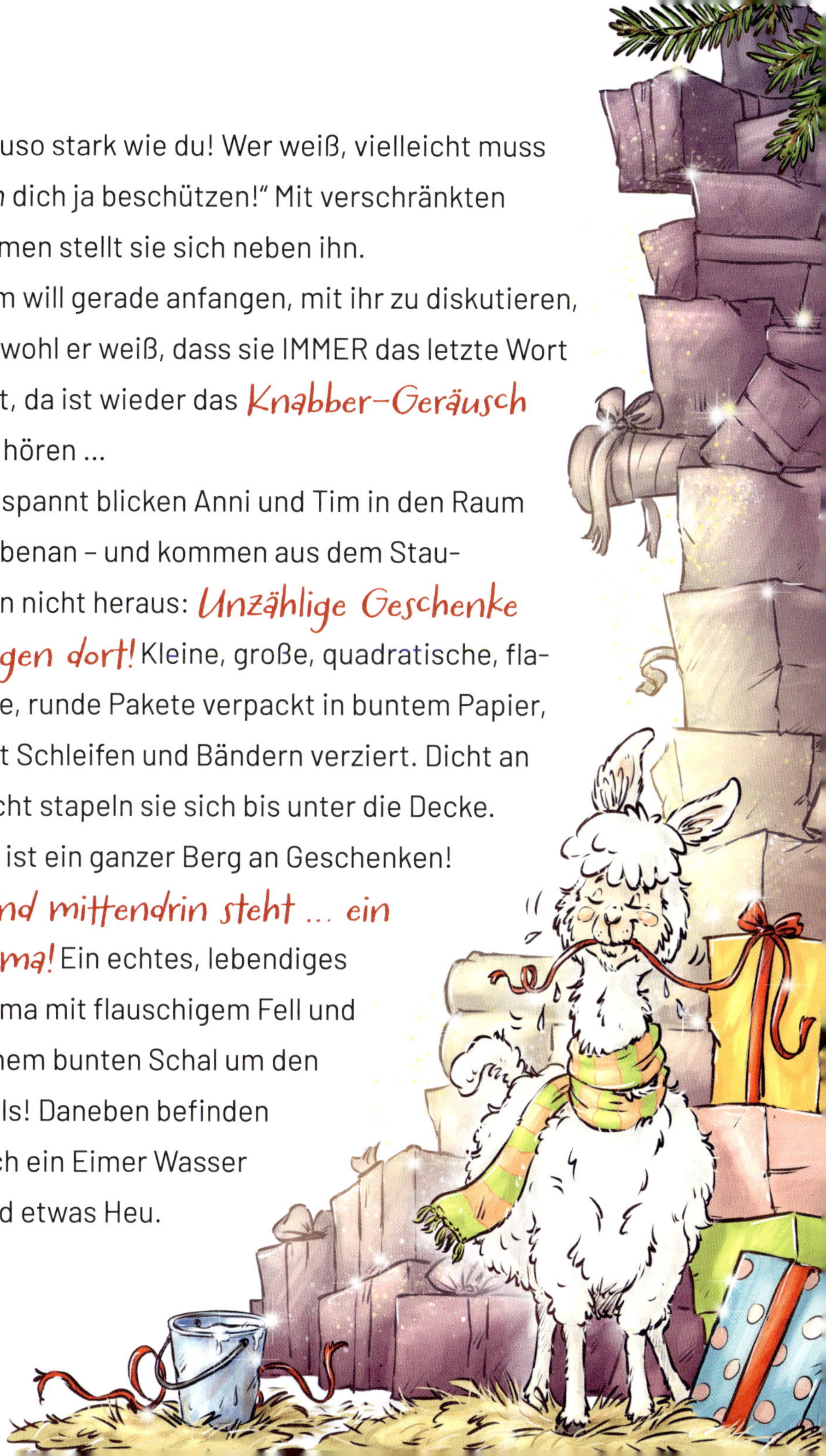

Aber das Lama knabbert lieber an einem Geschenkband. Neugierig starrt es zu Anni und Tim hinüber, während es seelenruhig weiterkaut.
„Das Lama hat also die Knabber-Geräusche gemacht", erkennt Tim erleichtert.
„Es ist so süß!", sagt Anni begeistert. Doch dann stutzt sie. „Moment mal ... Das Lama sieht doch aus wie ... das, das ich mir zu Weihnachten wünsche! Sogar mit dem Schal um den Hals!"
„Nur dass es nicht aus Stoff ist, sondern ...", sagt Tim.
„... echt!", ergänzt Anni. „Waschecht!"
Tim schmunzelt.
Anni kann nicht länger widerstehen, geht auf das Lama zu und streichelt ihm sanft über den Hals. *Wie kuschelweich es ist!* Das Lama unter-

bricht sein Kauen, schließt genüsslich die Augen, und …

… ein lang gezogenes *Pupsgeräusch* ist zu hören.

„Iiiih! Anni, warst du das?!" Tim verzieht angeekelt das Gesicht und versucht, die Pupswolke mit wedelnden Händen zu verscheuchen.

Anni schüttelt grinsend den Kopf und hält sich die Nase zu. „Puh, das müffelt!"

Da fällt Tim etwas auf.

Neugierig kniet er sich hin und schaut sich an, was da so funkelt. „Ist das etwa Zucker?", fragt er staunend. Im gleichen Moment pupst das Lama noch einmal, und *glitzernde Zuckerkristalle* fallen aus seinem Popo. Tim weicht schnell zurück. „Das gibt's doch nicht!"

Anni krault dem Lama die Ohren und grinst noch breiter. „Es ist eben so süß, dass es Zucker pupst!"

„Also, Spinnen sind mir eindeutig lieber als Zucker pupsende Lamas!“, sagt Tim und verdreht die Augen.

Das Lama stupst Anni mit dem Kopf sanft in die Seite. „Ja, ja, ich streichel dich ja schon weiter!“ Anni kichert. Erst jetzt, als sich das Lama nach vorn gebeugt hat, fällt ihr etwas auf: Seitlich an der Wand neben einem riesengroßen, in goldenes Papier verpackten Geschenk gibt es einen offenen Durchgang. Links und rechts im Durchgang stehen zwei kleine Deko-Weihnachtsmänner aus Keramik. Sie sehen aus, als ob sie den Durchgang bewachen würden.

Tim folgt Annis Blick. „Etwa noch ein Zimmer?“, fragt er. „Das ist ja wie in einem Labyrinth hier!“

„Ich hab das Gefühl, dass wir dort endlich den Wunschzetteldieb finden werden“, meint Anni.

„Na, dann lass uns gleich mal nachsehen!“, erwidert Tim zwinkernd und geht los. Diesmal ist es Anni, die ihm rasch folgt.

Kapitel 17

Bergeweise Wunschzettel

Auf der anderen Seite des Durchgangs gibt es tatsächlich ein weiteres Zimmer. Es ist genauso gemütlich eingerichtet und weihnachtlich geschmückt wie der erste Raum, aber etwas kleiner. Auch hier steht ein Kaminofen, in dem ein offenes Feuer knistert, mit einem breiten samtroten Sofa davor. Genau neben dem Ofen befindet sich ein kleiner Schreibtisch mit einem Holzstuhl, auf dem jemand sitzt.

Anni und Tim können zwar nur seinen Rücken sehen, erkennen jedoch sofort an der

Kleidung, dass es der Weihnachtskobold sein muss. Endlich haben sie ihn gefunden!

Jetzt bemerken sie auch die vielen Zettel-Berge auf und neben dem Tisch. Sie stapeln sich so hoch, dass sie bis zur Decke reichen. In einer Ecke steht der große Sack, den der Kobold auf dem Rücken hatte. Auch daraus quillen unzählige beschriftete Papierzettel heraus.

„Wow, ich wette, unsere Wunschzettel sind auch irgendwo hier!“, wispert Tim. „Zeit, dass der Kobold uns ein paar Fragen beantwortet“, meint Anni mit grimmiger Miene. Dieser ist jedoch so sehr in das Lesen der Zettel vertieft, dass er die Zwillinge noch gar nicht bemerkt hat. Leise murmelt er vor sich hin: „Ein Flugzeug will Rafa? Wo soll ich denn jetzt noch ein echtes Flugzeug herbekommen?“ Er seufzt laut. Raschelnd zieht er einen weiteren Zettel aus einem anderen Stapel hervor. „Und hier steht nicht mal ein Name drauf!

Und das Gekritzel hier …", er hält einen Zettel gegen das Licht, um besser lesen zu können, „… kann ich kaum entziffern! Wie soll ich bloß alles rechtzeitig bis Weihnachten fertig bekommen?" Dann steht er mit einem Ruck auf. „Jetzt brauch ich erst mal frische Luft, sonst kann ich nicht richtig nachdenken", sagt er zu sich selbst, beugt sich nach vorne und öffnet das kleine Fenster über dem Schreibtisch. Ein eiskalter Windhauch weht von draußen herein. Der Polarwind erfasst zwei der Wunschzettel, und noch ehe der Kobold reagieren kann, werden diese vom Tisch geweht und segeln in Richtung Kamin davon.

Sofort wirft er das Fenster wieder zu und hechtet den Papierzetteln hinterher – aber es ist zu spät.

Die Wunschzettel landen im Feuer und brennen innerhalb weniger Sekunden lichterloh. Völlig entsetzt schlägt der Kobold die Hände über dem Kopf zusammen. „Oh nein, oh nein, das darf nicht sein!", ruft er kläglich. Dann sinkt er vor dem Kamin nieder und fängt herzzerreißend an zu schluchzen.

Kapitel 18

Der Name des Kobolds

Anni und Tim tut der kleine Kerl richtig leid, wie er kläglich weinend am Kamin sitzt.

„Ich kann ihm irgendwie gar nicht mehr böse sein, dass er die Wunschzettel gestohlen hat", wispert Anni mitfühlend.

„Geht mir genauso ... Ich glaube, er braucht ein bisschen *Unterstützung*. Am besten, wir zeigen uns jetzt", schlägt Tim vor.

Anni nickt und räuspert sich laut.

Erschrocken fährt der Weihnachtskobold hoch. Schnell wischt er sich die Tränen weg.

„Wer seid ihr? Was wollt ihr hier?“, ruft er mit großen Augen, als er die Geschwister am Durchgang stehen sieht.

„Wir sind die Zwillings-Detektive Tim und Anni“, stellt Anni sich vor. „Wir wohnen in Snorla und haben gemerkt, dass jemand die Wunschzettel von allen Kindern im Dorf klaut. Deswegen haben wir uns auf die Lauer gelegt und sind dir bis hierher gefolgt.“

„Und wir wollen wissen, wer du bist und warum du die Wunschzettel genommen hast“, fügt Tim hinzu.

Der Weihnachtskobold blickt mit gefurchter Stirn vom einen zum anderen. „Habt ihr mich etwa die ganze Zeit beobachtet?“, fragt er.

Anni nickt. „Und als wir gesehen haben, wie du wegen den verbrannten Wunschzetteln geweint hast, dachten wir, dass du vielleicht Hilfe brauchst, und –“

„Was? Ich habe geweint? Ne, ne, ne. Ich hab nicht geweint. Da müsst ihr euch getäuscht haben.“ Er stemmt die Hände in die Hüften. „Ich hab alles im Griff hier! Es läuft alles genau so, wie ich es geplant habe, es gibt nicht den geringsten Grund zum Weinen. Das mit den verbrannten Zetteln, das war … äh … ja, ähm … Absicht! Genau! Jawohl!“

„Sah aber eher wie ein Missgeschick aus“, sagt Anni und verschränkt die Arme. „Ich weiß doch, was ich gesehen hab!“

Der Kobold verschränkt ebenso die Arme. „Einem Kobold passieren keine Missgeschicke! Nie, niemals, nie!“, widerspricht er und schaut trotzig in die Luft.

Tim verdreht die Augen. Er will gerade etwas darauf sagen, da kommt auf einmal das Lama mit dem bunten Schal aus dem anderen Zimmer gestapft und kuschelt sich an Anni. Ein Stück halb zernagtes rotes Geschenkband hängt noch aus seinem Mundwinkel.

Bei dem Anblick muss der Kobold schmunzeln.

Er entspannt sich sichtlich. „Also, du heißt Anni“, sagt er und zeigt dabei auf Tim.

Anni kichert. „Ne, *ich* bin Anni, und …“

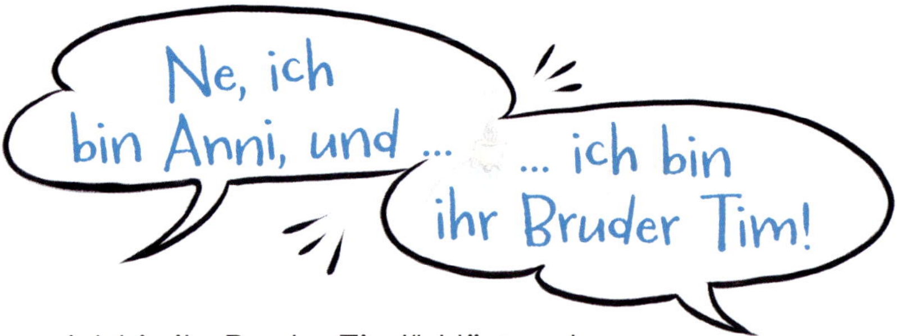

„… *ich* bin ihr Bruder Tim!“, klärt er den Kobold auf.

„Wie soll ich euch denn auseinanderhalten?“, beschwert der sich. „Hättet ihr euch nicht wenigstens unterschiedliche Frisuren machen können?“

„Nö“, sagt Anni kurz angebunden.

„Nö“, wiederholt Tim grinsend.

Der Kobold schüttelt den Kopf. „Ts, ts, ts“, macht er. „Mit so einem Besuch habe ich heute absolut nicht gerechnet.“ Er räuspert sich. „Nun denn. Ich heiße euch erst mal herzlich willkommen in meinem Zuhause! Bitte setzt euch doch!“ Er weist einladend auf das Sofa am Kamin. Während es sich die Zwillinge und das Lama darauf bequem machen, huscht der Kobold hin und her, schnappt sich zwei Tassen aus einem Regal, eine weitere vom Fensterbrett und stellt alles auf den Beistelltisch neben dem Sofa. „So, auf den ganzen Schreck hin mache ich uns jetzt zuallererst mal einen Tee. Einen Willkommenstee sozusagen. Dann erkläre ich euch alles, okay?“ Ohne eine Antwort abzuwarten, läuft der Weihnachtskobold los und verschwindet hinter einer kleinen Tür, die weder Anni noch Tim zuvor bemerkt hat.

Die Zwillinge hören, wie es in dem Raum dahinter rumpelt und scheppert. Dann ertönt ein pfeifender Teekessel-Ton. Kurz darauf erscheint der Kobold mit einem Tablett, auf dem eine bauchige Teekanne platziert ist. Daneben liegt ein Büschel Kräuter. „Hier, bitte schön, mein ganz spezieller Weihnachtstee“, sagt er, während er Anni und Tim heiß dampfenden Tee in ihre Tassen gießt. „Und du bekommst natürlich auch was“, sagt er zu dem Lama, nachdem er sich selbst Tee eingegossen und die Kanne wieder hingestellt hat. Er hält dem Lama das Büschel Kräuter vor die Nase, das es mit einem Happs verschlingt.

Als Tim seinen ersten Schluck Tee nimmt, durchströmt

ihn ein wohlig warmes Gefühl. Dann hält er überrascht inne. So einen leckeren Weihnachtstee hat er noch nie getrunken! „Sind da etwa Blaubeeren drin?“, fragt er erstaunt, während er prüfend an seinem Tee nippt.

Anni schaut ihn stirnrunzelnd an. „Wie kommst du denn auf Blaubeeren? Der Tee schmeckt nach Schokomuffins … und Zimt! Da bin ich mir ganz sicher!“

Der Kobold grinst bis über beide Ohren. „Ihr habt beide recht! Das ist mein koboldmagischer Weihnachtstee“, erklärt er. „Er schmeckt genau nach dem, was ihr am liebsten mögt. Hier, riecht mal!“, sagt er und hält ihnen seine Tasse hin.

Anni und Tim schnuppern.

Anni zieht die Nase kraus. „Das riecht ganz anders als bei mir … irgendwie nach …“

„… Pilzen!“, beendet Tim ihren Satz.

Der Kobold nickt zustimmend. „Ich liiieeebe Pilze!", freut er sich und nimmt einen großen Schluck.
„Verrätst du uns jetzt endlich mal deinen Namen?", fragt Anni.
„Ich heiße Rumpelstilzchen", antwortet der Kobold mit ernster Miene.
Anni und Tim schauen ihn mit großen Augen an.

Da lacht der Kobold schallend. „Ihr solltet mal eure Gesichter sehen!", ruft er und hält sich den Bauch vor Lachen. Als er sich wieder beruhigt hat, sagt er: „Ich bin der Weihnachtskobold Puk. Aber ist ja wieder mal klar, dass ihr noch nie von mir gehört habt." Er quetscht sich zwischen die Zwillinge und nimmt noch einen Schluck Tee. „Deshalb auch dieses Schlamassel hier", erklärt er und zeigt auf die vielen Wunschzettel im Raum.
Die Zwillinge gucken ihn verständnislos an.
Puk seufzt. „Also, dann beginne ich mal von ganz vorne ...

Kapitel 19

Puk erzählt seine Geschichte

„Vor vielen, vielen Jahren …“, beginnt Puk, „… als ich krank und halb erfroren hier am Nordpol umhergeirrt bin, hat mich der Weihnachtsmann gefunden und bei sich aufgenommen. Er hat mich liebevoll gesund gepflegt und mir angeboten, bei ihm zu bleiben. Ich war so glücklich! Seit dem Tag helfe ich ihm bei allen Weihnachtsvorbereitungen: Zusammen sortieren wir jahrein, jahraus die Wunschzettel, die an den Nordpol geschickt werden, und arbeiten die Wünsche der Kinder aus aller Welt nach und nach ab. Gemeinsam bereiten wir die Geschenke vor, packen sie ein und verteilen sie an Weihnachten." Ein Schatten huscht über sein Gesicht. „Aber dieses Jahr ist mir auf einmal etwas aufgefallen. Wisst ihr was?" Ohne eine Antwort abzuwarten, spricht er weiter: „Keiner weiß, dass es mich gibt. Niemand hat je von mir gehört! Die Dankbarkeit für die Geschenke bekommt immer nur der Weihnachtsmann allein! Ich habe mindestens genauso viel Arbeit, aber dankbar sind die Kinder immer nur dem Weihnachtsmann – ich werde nie, nie, nie erwähnt! Deshalb habe ich beschlossen, dieses Weihnachten alles selbst und ganz alleine in die Hand zu nehmen!" Er grinst. „Ich habe gewartet, bis die ersten Wunschzettel hier am Nordpol eingetrudelt sind, sie dann mit zu mir genommen und Stück für Stück abgearbeitet. Im Geschenkezimmer nebenan habt ihr ja gesehen, wie viele Wünsche ich schon erfüllt und eingepackt habe. Ich ganz allein!"

Stolz reckt er das Kinn in die Höhe. „Aber dann habe ich plötzlich gemerkt, dass einige Kinder ihre Wunschzettel bis jetzt noch gar nicht abgeschickt haben. Und weil ich ja alles rechtzeitig bis Weihnachten fertig haben wollte und dieses Jahr ohne den Schnelligkeits-Zauber des Weihnachtsmanns auskommen musste, bin ich losgezogen und hab mir die Wunschzettel direkt aus den Häusern geholt. War das nicht koboldschlau von mir? In Snorla gibt es übrigens die meisten Kinder, die bis kurz vor Weihnachten warten mit dem Wunschzettelschreiben!" Er blickt Anni und Tim missbilligend an. „Das ist alles ganz schön aufwändig, kann ich euch sagen! Aber die Mühe lohnt sich, denn wenn ich dann an Weihnachten die Geschenke verteile, lege ich überall einen Zettel dazu. *Vom Weihnachtskobold Puk* steht darauf – so wissen alle Kinder, dass ich ALLEIN die Geschenke gebracht habe. Und die Dankbarkeit und Freude darüber gilt dann endlich mal nur MIR!" Er verschränkt die Arme und schaut die Zwillinge trotzig an.

„Deshalb bist du also zum Wunschzetteldieb geworden ...", erkennt Anni. „Jetzt ergibt das alles Sinn!"

„Ja, genau, Tim! Weil ich dieses Mal die Wünsche allein

erfüllen will und nicht nur als Helferlein des Weihnachtsmanns", bestätigt Puk.

„Ich bin nicht Tim ...", korrigiert ihn Anni.

Tim streckt die Hand hoch. „... sondern ich!"

„Echt jetzt?" Zweifelnd schaut Puk von einem zum anderen Zwilling. „Ach, verflixtes Rentier!", flucht er dann und wirft theatralisch die Hände in die Luft. „Wie soll ich mir das denn merken?"

Das Lama, das immer noch mit auf dem Sofa sitzt, hebt lässig einen Huf und deutet damit auf die Lama-Spange in Annis Haar.

Puk rollt genervt mit den Augen. „Was bist du doch für ein besserwisserisches Lama!" Das Lama schnaubt empört. „Okay, okay, die mit der Haarspange ist also Anni, hab's kapiert, danke", fügt Puk rasch hinzu.

„Ist der Weihnachtsmann eigentlich damit einverstanden, dass du dieses Jahr alles alleine machst?", fragt Tim argwöhnisch.

Puk grinst schelmisch übers ganze Gesicht. „Er hat nicht die klitzekleinste Ahnung davon ..."

Das Lama schlackert mit den Ohren, als es das hört.

„Wie kann das sein?", hakt Anni erstaunt nach.

„Ich hab heimlich seine Weihnachtsuhr verstellt", erklärt Puk stolz. „Der Wecker klingelt jetzt erst im Januar, aber da ist Weihnachten schon längst vorbei!" Der Kobold kichert verschmitzt.

„Bekommen denn wirklich alle ihre Geschenke rechtzeitig von dir

zu Weihnachten?", fragt Tim. „Sieht nämlich nicht so aus ..." Er wirft einen kritischen Blick auf die vielen Wunschzettel, die überall unsortiert herumliegen.
Puk schwenkt seinen Kopf hin und her. „Na ja ... ", antwortet er und wird ein bisschen rot. „Ich hab euch ja schon gesagt, dass ich mit vielen Geschenken fertig bin. Stück für Stück habe ich sie eigenhändig gezaubert – auch ganz allein! Ich denke, dass alle ihre Geschenke rechtzeitig am Weihnachtsabend bekommen werden ... bis auf die Kinder, deren Wunschzettel ich nicht lesen kann."

Er schaut mit trauriger Miene zum Ofen.
„Und ich gebe es zu: Die beiden Kinder, deren Wunschzettel im Feuer gelandet sind ... die bekommen leider auch nichts."
„Und die Kinder, deren Wunschzettel du auf dem Weg verloren hast? Die kriegen wohl auch nichts?" Anni zieht verärgert die beiden Wunschzettel hervor, die Puk unterwegs aus dem Sack gefallen sind, und drückt sie ihm in die Hand.
„Oh!", macht Puk. „Das habe ich gar nicht bemerkt."
„Also, so geht das doch nicht!", meint Tim empört

und steht auf. „Weißt du, wie schlimm es ist, wenn Kinder keine Geschenke bekommen, nur weil du es mit den Wunschzetteln verbockt hast?"

Plötzlich wird Puk ganz kleinlaut. „Ich weiß, ich weiß! Es tut mir so unendlich leid! Ich hab mir das so ganz anders vorgestellt. Ich dachte, dass alles viel leichter gehen würde! Irgendwie habe ich mich total verschätzt!" Betrübt senkt er den Blick. „Wenn ich ehrlich bin, bin ich mir jetzt eigentlich gar nicht mehr sicher, ob mein Plan so gut war ... Vielleicht bekomme ich doch nicht alles rechtzeitig zu Weihnachten geregelt", gesteht Puk. „Selbst meiner Kobold-Magie sind Grenzen gesetzt. Allein die viele Arbeit mit den Wunschzetteln ... Aber ich möchte doch auf gar keinen Fall, dass meinetwegen irgendein Kind an Weihnachten traurig ist!" Dicke Tränen kullern ihm über die Wangen. „Das wäre furchtbar!"

Anni seufzt. Ihr Ärger ist verflogen, jetzt hat sie wieder Mitleid mit Puk. *Er hat sich das halt nicht richtig gut überlegt, das war sein Fehler*, denkt sie. Tröstend legt sie ihm einen Arm um die Schultern. „Vielleicht können

wir dir beim Lesen der Wunschzettel helfen“, schlägt sie vor.
„Und beim Geschenke-Einpacken!“, ergänzt Tim.
„Würdet ihr das wirklich für mich tun?“, schnieft Puk.
Tim und Anni nicken.
Da hellt sich die Miene des Kobolds wieder auf. Hoffnungsvoll blickt er die Zwillinge an. „Zusammen schaffen wir es vielleicht tatsächlich!“ Aufgeregt springt er auf. „Einige Wünsche habe ich ja schon abgearbeitet, wie ihr im Geschenkezimmer gesehen habt. Deinen Wunsch zum Beispiel, Anni, den habe ich schon erledigt.“ Er zeigt freudestrahlend zu dem Lama auf dem Sofa, das inzwischen eingeschlafen ist und laut vor sich hin schnarcht. „Allerdings weiß ich noch nicht, wie ich dieses große Lama in euer kleines Wohnzimmer kriegen soll. Aber da wird mir schon noch was einfallen“, sagt er und schaut Anni mit einem zuversichtlichen Lächeln an.

Kapitel 20

Alles total vermasselt!

Anni blickt Puk überrascht an. „Du hast gedacht, ich wünsche mir ein *echtes* Lama?“, fragt sie ungläubig.

Puk nickt eifrig. Schnell huscht er zum Schreibtisch und zieht Annis Wunschzettel aus einem Stapel hervor. „Hier steht es: *Lama mit buntem Schal*“, liest er vor.

„Oh, oh“, sagt Tim nur.

Anni schüttelt den Kopf. „Aber ich hab mir doch kein *echtes* gewünscht, sondern ein Kuscheltier-Lama!“, erklärt sie. „Das hätte ich auch noch

draufgeschrieben, wenn du nicht meinen unfertigen Wunschzettel geklaut hättest." Sie blickt Puk vorwurfsvoll an.

Der Kobold schaut verwirrt vom Wunschzettel zum Lama auf dem Sofa und dann wieder zurück zu Anni. „Kein echtes Lama? Das hab ich total missverstanden. Tut mir leid! Oje, oje, da fällt mir was anderes ein ..." Er springt zurück zum Schreibtisch, schiebt die Wunschzettel-Stapel hin und her und zieht einen Zettel nach dem anderen hervor.

Von dem Papierrascheln gestört, erwacht das Lama. Gähnend steht es vom Sofa auf und trabt von Puks Arbeitszimmer zurück in das Geschenkezimmer, vermutlich, um ein weiteres Schleifenband zu futtern.

Endlich findet Puk, was er gesucht hat. Er nimmt einen zerknitterten, bunt bemalten Wunschzettel und hält ihn den Zwillingen vor die Nase.

„*Ich wünsche mir eine große Puppe, die Pipi machen kann. Danke. Deine Fenja*", liest Tim laut vor.

„Ja, und?", fragt Anni verständnislos.

„Die Puppe hab ich schon verpackt, aber

jetzt bin ich mir unsicher ...", erklärt Puk und läuft nun ebenfalls ins Geschenkezimmer. Er gibt den Zwillingen ein Zeichen, dass sie ihm folgen sollen. Als sie neben ihm stehen, zeigt er auf ein riesiges Geschenk, das ganz in goldenes Papier eingehüllt ist. Es ist so groß wie die Zwillinge – wenn sie sich übereinanderstellen würden. „Denkt ihr, dass Fenja vielleicht gar nicht eine *so* große Pipi-Puppe wollte?", fragt Puk und kratzt sich am Kinn.

Das Lama, das sich einen Platz in Annis Nähe gesucht hat, schüttelt kauend den Kopf. Anni seufzt nur als Antwort.

Tim dagegen grinst breit. Er stellt sich gerade vor, was für einen Wasserfall es geben würde, wenn diese

Riesen-Puppe am Weihnachtsabend tatsächlich Pipi macht.

„Vielleicht gibt es auch noch andere Wünsche, die ich falsch verstanden habe?", überlegt Puk. „Das Flugzeug beispielsweise, das sich Rafa gewünscht hat ..."

Jetzt gibt Anni ein „Oh, oh" von sich.

„Das alles klingt wirklich nach einem riesengroßen Schlamassel", stellt Tim sachlich fest. „Ich glaube leider, da bringt auch unsere Hilfe nicht mehr viel."

Zerknirscht blickt Puk von einem Zwilling zum anderen. „Und was mache ich jetzt?"

„Jetzt müssen wir uns eine wirklich gute Lösung einfallen lassen", antwortet Anni.

Kapitel 21

Ein echtes Weihnachtswunder

Während Tim nachdenklich die Stirn in Falten legt und Puk sich verzweifelt durch die Haare fährt, schnappt sich das Lama Annis Ärmel und zieht sie zu dem Durchgang, in dem die beiden Weihnachtsmänner aus Keramik stehen. Dann blinzelt es Anni ein paarmal zu – so, als ob es ihr etwas sagen will.

Aber was bloß?, fragt sich Anni ratlos. Doch dann fällt es ihr wie Schuppen von den Augen. „Na klar, es gibt nur eine Lösung!“, ruft sie begeistert.

Tim und Puk blicken sie erwartungsvoll an.

„Der Weihnachtsmann muss her! Es gibt keinen

anderen Weg. Nur er kann jetzt noch das Weihnachtsfest retten“, sagt sie mit fester Stimme.

„Ach, ich weiß nicht …“, meint Puk. „Gibt es nicht eine andere Lösung? Eine ohne den Weihnachtsmann?“, fragt er schief lächelnd.

Anni, Tim und das Lama blicken ihn streng an.

„Ja, ja, schon gut“, gibt Puk schließlich nach. Dann seufzt er. „Das wird ein Donnerwetter geben …“, murmelt er vor sich hin. Er läuft in sein Arbeitszimmer, schließt die Augen und spricht einige koboldmagische Worte.

Anni und Tim beobachten vom Durchgang aus, wie plötzlich neben dem Schreibtisch eine winzige Tür erscheint.

„Zeit, den Weihnachtsmann zu wecken“, sagt Puk tapfer, bevor er sich hinunterbeugt, die Geheimtür öffnet und dahinter verschwindet.

„Noch eine magische Tür?“, fragt Anni staunend und überlegt, ob sie Puk folgen soll.

Aber die Tür ist so winzig, dass nur ein Kobold hineinpasst – ein kleiner Kobold, der Anni und Tim gerade mal bis zum Knie reicht –, so wie Puk.

„Ich sag ja, es ist das reinste Labyrinth hier!", entgegnet Tim.

„Puk wird bestimmt richtig großen Ärger kriegen, wenn der Weihnachtsmann von seinem Koboldstreich erfährt", seufzt Anni, während sie weiter das Lama streichelt, das immer noch neben ihr steht. „Hast du übrigens gut gemacht, wie du mich auf die Idee mit dem Weihnachtsmann gebracht hast, du süßes Flausch-Lama." Mit einem zufriedenen Ausdruck im Gesicht schmiegt das Lama seinen Kopf an sie. „Ich glaube, ich werde dich Wölkchen nennen, weil du so weich und kuschelig bist!", beschließt Anni lächelnd.

„Und weil es so tolle Pupswolken produzieren kann", fügt Tim kichernd hinzu.

Das Lama schaut Tim empört an und streckt ihm die Zunge raus.

„Wie lange es wohl dauert, bis Puk mit dem Weihnachtsmann zurückkommt?", fragt Tim und beginnt, ungeduldig mit den Füßen auf und ab zu wippen. „Ich hab keine Ahnung, wie viel Uhr es gerade ist, aber wir sollten besser langsam wieder zurück, bevor unsere Eltern eine Suchaktion nach uns starten."

„Also, den Weihnachtsmann will ich auf jeden Fall noch sehen! Du kannst doch nicht jetzt schon ans Gehen denken!", erwidert Anni entrüstet.

Tim rollt mit den Augen. „Irgendwann müssen wir wieder zurück, das weißt du! Außerdem habe ich Hunger!" Er schaut sich suchend nach etwas Essbarem um. *Ob Puk wohl Blaubeermuffins dahat?*

Kapitel 22

Die Magie des Weihnachtsmanns

Auf einmal hören die Zwillinge ein Sausen in der Luft, als ob etwas aus weiter Ferne angebraust käme, aber es ist weit und breit nichts zu sehen. Plötzlich macht es PUFF!, und im nächsten Moment erscheinen wie aus dem Nichts Puk und der Weihnachtsmann im Zimmer. Wölkchen erschreckt sich so sehr, dass es sich vor lauter Panik hinter der goldverpackten Pipi-Puppe versteckt. Anni will dem Lama sofort hinterher, aber Puk kommt ihr zuvor. Er läuft vorsichtig auf Wölkchen zu und versucht, es zu beruhigen.

Der Weihnachtsmann klopft sich etwas Staub vom Ärmel und schaut sich um. *„Ah! Da sind ja meine beiden Helden!"*, sagt er strahlend, als er Anni und Tim erblickt. „Danke, dass ihr meinen Kobold-Freund in die richtige Richtung geschubst habt." Der Weihnachtsmann zwinkert ihnen mit einem warmherzigen Lächeln zu.
„Er sieht genauso aus, wie ich ihn mir immer vorgestellt habe", flüstert Anni in Tims Ohr.
Auch Tim findet den Weihnachtsmann großartig. Er ist ebenso glücklich wie sie, dass er den Weihnachtsmann mal so richtig in echt erleben darf.
„Bevor wir uns daranmachen, das ganze *Schlamassel* hier zu bereinigen, bekommt ihr beide zuerst einmal eine *Dankeschön-Umarmung* von mir!", sagt der Weihnachtsmann, geht mit zwei großen Schritten auf die Zwillinge zu, breitet seine Arme aus und umarmt die beiden.
Anni und Tim haben noch nie so eine Umarmung erlebt. Es ist, als ob sie von einer *wohlig-watteweichen Wolke* eingehüllt würden. Sie fühlen sich völlig geborgen und lassen sich tief hineinsinken. Kein einziges

Geräusch ist mehr zu hören. Alle Anspannung in ihnen schwindet. Einfach himmlisch!

Schließlich löst sich der Weihnachtsmann wieder von ihnen. Die Zwillinge strahlen vor Glück.

„Was war das denn?", möchte Tim wissen.

„Das war Weihnachtsmann-Magie", antwortet der Weihnachtsmann schmunzelnd.

Da kommt auf einmal Wölkchen angetrabt. Puk hat es tatsächlich geschafft, es zu beruhigen. Fröhlich stupst es Anni mit der Schnauze an.

Als schließlich auch der Kobold wieder da ist, verkündet der Weihnachtsmann: „So, dann machen wir uns jetzt mal an die Arbeit." Geschäftig krempelt er seine Ärmel hoch.

„Weißt du denn schon, was alles passiert ist?", fragt Anni, während sie Wölkchen am Kinn krault.

Der Weihnachtsmann nickt. „Puk und ich haben bereits miteinander gesprochen. Nicht wahr, Puk?"

„Mhhm", antwortet der Kobold und scharrt verlegen mit den Füßen. „Tut mir echt leid das Ganze", sagt er kleinlaut.

„Jeder macht mal Fehler“, erwidert der Weihnachtsmann freundlich. „Hauptsache, man lernt etwas daraus. Du hast dank Anni und Tim gerade noch rechtzeitig die Kurve gekriegt. Ich habe unterschätzt, wie wichtig es dir war, mehr Anerkennung an Weihnachten zu bekommen. Das nächste Mal sprichst du bitte mit mir, wenn dir etwas auf dem Herzen liegt, ja? Am besten, *bevor* du irgendwelchen Unsinn ausheckst!“

Der Weihnachtskobold blickt reuevoll zu Boden.

„Na, komm, mein Bester! Ist gut jetzt“, sagt der Weihnachtsmann gutmütig. „Du bist doch meine rechte Hand! Ohne dich wäre ich verloren!“, versichert er und nimmt Puk in den Arm.

Anni und Tim sehen, wie Puk erleichtert aufatmet.

Nach der Umarmung stapft der Weihnachtsmann fröhlich pfeifend zu Puks Schreibtisch, um die Wunschzettel-Stapel zu inspizieren.

„Hab fast keine Schimpfe bekommen“, flüstert Puk den Zwillingen zu und lächelt dabei.

Kapitel 23

Hilfe für den Weihnachtsmann

Gespannt beobachten die Zwillinge, wie der Weihnachtsmann beginnt, die Wunschzettel, die sich auf Puks Schreibtisch stapeln, in *Windeseile* durchzulesen. Im Gegensatz zu Puk hat er offensichtlich keinerlei Schwierigkeiten, selbst die unleserlichste Schrift zu entziffern. Selbst bei den Wunschzetteln, die noch nicht fertig geschrieben sind, weiß er sofort, was sich die Kinder wünschen. Immer wieder brummt er vor sich hin und sagt so etwas wie: „Aha!" oder „Oh, das sind aber viele Wünsche!".

Nach nicht einmal fünf Minuten hat sich der Weihnachtsmann alle Wunschzettel angeschaut. Als er fertig ist, öffnet er das Fenster und klatscht dreimal in die Hände. Im Bruchteil einer Sekunde fliegen weitere Wunschzettel herein und legen sich brav auf einen Stapel. „Das sind die letzten. Die wären nicht mehr rechtzeitig vor Weihnachten mit der Nordpol-Post gekommen", sagt er und liest auch diese rasch durch.

Schließlich legt er den allerletzten Wunschzettel zur Seite und seufzt auf. Dann wendet er sich an Anni und Tim: „Also, es ist doch mehr, als ich erwartet hatte. Ich habe eine Bitte an euch: Die Geschenke herbeizuzaubern, schaffe ich mit Puk gerade noch, aber würdet ihr uns vielleicht beim Einpacken helfen?"

Die Zwillinge müssen nicht eine Sekunde lang nachdenken. „Klar!", antworten sie wie aus einem Mund.

„Ich muss nur noch eines erledigen, dann können wir zusammen loslegen", sagt er und begibt sich zum Kamin. Er murmelt mit tiefer Stimme ein paar Worte, die Anni und Tim nicht verstehen können.

„Das ist sein berühmter Rückspul-Zauber“, erklärt Puk und reibt sich freudig die Hände. „Der ist echt eindrucksvoll, werdet ihr gleich sehen! Ich nenne ihn abgekürzt auch den *Rülps-Zauber*“, fügt er kichernd hinzu. Auf einmal flackert das Feuer im Kamin, und aus der Asche formen sich die beiden Wunschzettel, die vorhin lichterloh verbrannt sind. Sie tanzen über dem Feuer und sind völlig unversehrt. Ungläubig sehen die Zwillinge dabei zu, wie sich die Wunschzettel in die Luft erheben und rückwärts in Richtung Schreibtisch schweben. Dann sinken sie genau an der Stelle nieder, an der sie vom Polarwind weggepustet wurden. Der Weihnachtsmann wirft nur einen einzigen lässigen Blick auf die Wunschzettel, dann weiß er, was daraufsteht.
Die Zwillinge klatschen begeistert in die Hände, und der Weihnachtsmann macht grinsend eine kleine Verbeugung. Dann begeben sich alle eifrig ans Werk und arbeiten harmonisch Hand in Hand zusammen. Dabei geht alles rasend schnell. Im wahrsten Sinne des Wortes! Denn da die Zeit so drängt, wendet der Weihnachtsmann weitere Magie an.

Schließlich ist am nächsten Tag schon Weihnachtsabend! Anni und Tim können es kaum fassen, als sie erleben, wie sein sogenannter **Schnelligkeits-Zauber** die Geschwindigkeit ihrer Bewegungen verhundertfacht.

„Muss echt **cool** sein, Weihnachtsmann zu sein, mit all der Magie und so", meint Tim bewundernd.

So arbeiten Puk, der Weihnachtsmann, Anni und Tim in **Rekordgeschwindigkeit** alle Wünsche ab. Zusammen packen sie alle Geschenke ein, binden – mit Wölkchens Hilfe – bunte Bänder darum und stapeln sie im Geschenkezimmer. Die Zwillinge haben richtig viel Spaß dabei. Am besten gefällt ihnen, dass sie jedes Mal, wenn ein Wunschzettel erledigt ist, das **Weihnachtsglöckchen** läuten dürfen.

Schließlich ist auch das allerletzte Geschenk verpackt. Anni und Tim lassen sich atemlos auf das Sofa sinken.

„Fertig!“, ruft Puk fröhlich.
Anni und Tim sehen ihm an, wie erleichtert er ist.

Puk lächelt sie an. „Ich danke euch von Herzen!“, sagt er. „Jetzt ist wieder alles in Ordnung, und das macht mich wirklich glücklich. Und ich freue mich, weil ich jetzt weiß, dass es viel mehr Spaß macht, etwas mit anderen gemeinsam statt ganz alleine zu tun. Nun ist es mir gar nicht mehr so wichtig, dass die Kinder der Welt wissen, dass es mich gibt. Hauptsache, alle bekommen ihre Geschenke rechtzeitig zu Weihnachten!“
Wohlwollend schaut der Weihnachtsmann den Kobold an, während er in Gedanken versunken dasteht. „Ich habe noch eine Überraschung für dich“, sagt er schließlich zu ihm. „Während ihr alle so vertieft in eure Arbeit wart, habe ich noch eine winzig kleine Veränderung an den Weihnachtskarten vorgenommen.“
Puk blickt erstaunt auf.
Der Weihnachtsmann grinst spitzbübisch und zieht hinter seinem Rücken eine Karte hervor. „Es ist die, die jedes Jahr allen Geschenken beigefügt ist. Nur, dass

diesmal der Text darauf anders lautet“, sagt er und überreicht sie Puk.

„*Frohe Weihnachten vom Weihnachtsmann und Weihnachtskobold Puk*“, liest Puk laut vor. Völlig überwältigt lässt er die Karte sinken. Er ist so gerührt, dass ihm die Tränen kommen.

Tim und Anni stürzen sich freudejuchzend auf ihn. Der Weihnachtsmann lacht glücklich und nimmt alle drei liebevoll in den Arm. Da kommt auch Wölkchen angesprungen und quetscht sich zwischen sie, denn so eine Weihnachtsmann-Umarmung findet auch ein Lama schön.

„Ich danke euch für eure Hilfe!“, sagt der Weihnachtsmann zu Anni und Tim, als sie mit dem Umarmen fertig sind. „Ihr habt durch euer beherztes Eingreifen dazu beigetragen, das Weihnachtsfest zu retten.“

Die Zwillinge erröten ein wenig, freuen sich aber riesig über das Lob.

„Nun wird es aber Zeit, Abschied zu nehmen und in eure Welt zurückzukehren“, sagt er abschließend.

„Und was passiert mit Wölkchen?“, fragt Anni mit Blick auf das Lama. *Ob sie es wohl doch mitnehmen kann, auch wenn sie zu Hause dafür eigentlich keinen Platz haben?*

Puk tritt auf Wölkchen zu und streicht ihm sanft über den Kopf. „Ich glaube, es fühlt sich ganz wohl hier“, meint er. „Außerdem wäre es schön für mich, etwas Gesellschaft zu haben, wenn der Weihnachtsmann seinen Sommer-Schlaf hält.“ Er schaut erst Anni, dann das Lama und auch den Weihnachtsmann an. „Wäre das für euch alle okay?“

Der Weihnachtsmann nickt. Wölkchen schleckt Puk als Zeichen der Zustimmung übers Gesicht. Nur Anni zögert.

Da legt Tim ihr einen Arm um die Schulter. „Komm, gib dir einen Ruck, Schwesterchen! Du hast ja schließlich mich!“

„Du bist aber nicht so schön flauschig“, erwidert Anni und muss dabei selbst grinsen.

„Ich kann mir ja die Haare wachsen lassen!“, meint Tim schelmisch.

Anni pufft ihn in die Seite. „Auf gar keinen Fall!"

„Ihr dürft auch gerne jederzeit vorbeikommen und uns besuchen!", bietet Puk an. „Den Weg kennt ihr ja jetzt." Er zwinkert ihnen zu. „Ihr müsst nur dreimal an die alte Eiche am Waldrand klopfen, dann mache ich euch auf."

„Das werden wir auf jeden Fall tun", ist sich Anni sicher.

Ein wenig wehmütig verabschieden sich die Zwillinge von Wölkchen und dem Weihnachtsmann, dann bringt Puk die beiden durch den Kristall-Tunnel zur magischen Tür.

Mit einem herzlichen „Danke für alles, was ihr getan habt, kommt bald wieder, auf Wiedersehen!" verabschiedet er sich von den Zwillingen.

Als sich die Geheimtür in der alten Eiche hinter ihnen schließt und wieder unsichtbar wird, deutet nichts mehr darauf hin, dass hier der Eingang zur Wohnung des Weihnachtskobolds liegt.

Kapitel 24

Der Zauber der Weihnacht

Plötzlich weht ein kalter Wind in ihre Richtung. Anni und Tim ziehen rasch ihre Jacken zu, und Anni setzt sich ihre Mütze auf. Trotzdem fröstelt es sie, sodass sie sich schnell durch den Schnee auf den Weg nach Hause machen.

Als sie wieder daheim in ihrem Zimmer sind und einen Blick auf die Uhr werfen, stellen sie verwundert fest, dass hier *nur eine Stunde* vergangen ist, seit sie weggegangen sind. Auf einmal kommen ihnen Zweifel. Irgendwie können sie kaum glauben, dass alles,

was sie an diesem Abend erlebt haben, wirklich geschehen ist.
Was, wenn wir uns alles nur eingebildet haben?, denkt Anni. Doch dann überkommt sie die Müdigkeit – genauso wie Tim, der laut gähnt. Ohne ein weiteres Wort lassen sie sich in ihre Betten fallen und schlafen kaum eine Sekunde später auch schon ein.

Am folgenden Morgen wachen Tim und Anni sehr früh auf. Sie sind schon furchtbar aufgeregt, denn schließlich ist am Abend Weihnachten! Den ganzen Tag über ist so viel los, dass die beiden keine Zeit finden, in Ruhe miteinander über den Wunschzetteldieb zu sprechen. So viel muss noch vorbereitet werden! Die Zwillinge helfen den Eltern bei allem fleißig mit. Doch schließlich scheuchen Papa und Mama die beiden am Nachmittag nach draußen, damit sie ein wenig frische Luft schnappen. Kurzerhand nehmen sich die Zwillinge ihre Schlitten und gehen zum Schlittenberg. Und welch eine Überraschung! Fast alle

anderen Kinder des Dorfes sind schon da! Alle haben die gleiche Idee gehabt! Das Verschwinden der Weihnachtszettel ist natürlich DAS Gesprächsthema. Nur Anni und Tim halten sich dabei sehr zurück. Wer hätte ihnen denn schon geglaubt, dass sie dem Wunschzetteldieb bis an den Nordpol gefolgt sind und dort sogar den Weihnachtsmann getroffen haben? Sie können es ja selbst kaum glauben.

Mit roten Backen und kalten Füßen machen sich Anni und Tim schließlich wieder auf den Nachhauseweg, kurz bevor es dunkel wird. Nur noch eine Stunde, und dann ist endlich der langersehnte Weihnachtsabend da!
Nach dem Abendessen stellt sich die Familie wie jedes Jahr vor den geschmückten Tannenbaum und genießt einige Momente lang stillschweigend den weihnachtlichen Anblick. Anni findet, dass der Stern ganz oben auf der Baumspitze heute besonders schön glitzert. Tim gefallen die neuen, gemütlich flackernden Lichter

am Tannenbaum am besten. Schließlich nehmen sich alle an die Hände und trällern zusammen einige Weihnachtslieder.

Doch dann gibt es kein Halten mehr. Anni und Tim stürzen sich auf ihre Geschenke. Als Anni eins auspackt, kommt ein kuschelweiches Stoff-Lama mit einem bunten Schal zum Vorschein. Sie drückt es glücklich an sich.

Noch ehe Tim dazu kommt, sein Päckchen mit den vielen kleinen Luftlöchern zu öffnen, hört er auf einmal draußen leise ein Glöckchen bimmeln. Auch Anni hat das Klingeln wahrgenommen. Sie springen beide

gleichzeitig auf und hechten zum Fenster. Als sie es öffnen und hinausschauen, entdecken sie auf der verschneiten Straße einen Rentierschlitten, in dem der Weihnachtsmann und daneben ein kleiner Kobold mit einer roten Zipfelmütze sitzen.

„Puk", flüstert Tim.

Aufgeregt zeigt Anni auf die Rentiere, die den Schlitten ziehen. „Schau mal, da ganz vorne."

Tim verengt die Augen, um besser sehen zu können. Dann erkennt er es. „Das in der ersten Reihe ist kein Rentier – sondern ein Lama!"

„Wölkchen!", haucht Anni voller Freude.

Als ob Wölkchen sie gehört hätte, dreht es sich um und wackelt mit den Ohren grüßend in Richtung des Fensters. Und auch der Weihnachtsmann und Puk heben die Hände, um Anni und Tim zuzuwinken. Die Zwillinge winken fröhlich zurück. Als sich der Rentierschlitten mit Wölkchen vorne-

dran nur wenige Augenblicke später in die Luft erhebt und Puk grinsend ein letztes Mal das Glöckchen bimmelt, wissen Anni und Tim ganz sicher: Sie haben sich ihre abenteuerliche Suche nach dem Wunschzetteldieb nicht eingebildet und freuen sich schon wie verrückt auf ihren nächsten Besuch am Nordpol!

„So“, sagt Tim und lächelt Anni an. „Der Fall ist erledigt. Das Rätsel um den Wunschzetteldieb ist gelöst.“

„Und es ging ruckzuck“, ergänzt Anni grinsend.

„Ein Hoch auf uns!“

„Die besten Zwillings-Detektive der Welt!“, rufen beide wie aus einem Mund.

Amelie Benn schrieb schon als Kind alle möglichen Geschichten. Da sie jedoch nicht nur in ihrer Fantasie auf Reisen gehen wollte, beschloss sie nach dem Abitur, die „wirkliche" Welt zu bereisen. So wanderte sie durch die Wüste, schwamm im Toten Meer und bestieg die Berge des Himalayas. Nach ihrem Studium arbeitete sie in mehreren Kinder- und Jugendbuchverlagen. Heute lebt sie als freie Autorin mit ihrer Familie in der Nähe von Stuttgart.

Nadine Reitz, geboren 1976, verbrachte ihre Kindheit im beschaulichen Vehlefanz in Brandenburg – umgeben von Wiesen, Feldern, Tieren und verzauberten Orten. Sie war schon immer fasziniert von Papier, Farben und Stiften. Seit 2011 arbeitet sie als freie Illustratorin und Grafikerin. Heute lebt sie mit ihrer Familie und ihren flauschigen Katzen am schönen Niederrhein.

Bastel dir einen sternfunkelnden Wunschzettel

Wie wäre es, wenn du Puk und dem Weihnachtsmann in diesem Jahr einen ganz besonderen Wunschzettel schickst? Jeder Wunsch bekommt einen eigenen Stern, und diese Wunschsterne werden dann sicher in einem hübschen Briefumschlag mit weihnachtlicher Gürtelschnalle verpackt.

Die Anleitung mit Bastelvideo findest du unter:
Baumhausbande.com/Wunschzettel
Oder du scannst einfach diesen QR-Code mit dem Handy:

Das brauchst du:

- Tonkarton in Gelb für die Sterne
- Tonpapier in Schwarz DIN A3
- Bastelkarton Gold/Glitzer
- Briefumschlag rot
- Lineal und Bleistift
- Schere
- Klebestift und Bastelkleber

Und los geht's:

1. Miss auf der Längsseite deines schwarzen Tonkartons einen Streifen mit einer Breite von 4 cm ab und schneide ihn aus.

2. Leg den Papierstreifen um deinen Briefumschlag und klebe den Streifen passend zusammen. Achte darauf, dass du den Umschlag nicht mit festklebst.

3. Schneide dir nun ein passendes Rechteck aus der Glitzerpappe und runde die Ecken ab. Klebe das Rechteck dann nur auf dem schwarzen Papier auf.

4. Schneide dir nun aus dem schwarzen Tonpapier wieder ein passendes Rechteck, runde die Ecken ab und schneide eine kleine Ecke als Dornschließe aus.

Klebe das Rechteck dann auf. Achtung: Auf Glitzerpappe klebt nicht jeder Kleber, dünn aufgetragener Bastelkleber funktioniert wunderbar.

5. Schneide dir nun für deine Wünsche aus gelbem Tonkarton Sterne aus. Als Vorlage haben wir hier Plätzchen-Ausstecher genutzt. Klebe dann deine Wünsche auf oder male sie auf die Sterne.

6. Jetzt noch die Wünsche in den Umschlag stecken und alles gut und sicher mit der Weihnachtsmann-Gürtelschnalle verschließen. Fertig!

Michael Peinkofer & Helge Vogt
Holly Holmes
und Dr. Watson
Schneemann vermisst!
Baum Haus
Leseprobe

Vorgeschichte

Sagt mal, Leute, wisst ihr noch, wie ihr auf die Welt gekommen seid? Wahrscheinlich nicht, ist ja auch schon eine Weile her. Aber ich – *oink, oink* – weiß es noch ganz genau!

Oink!

Das Erste, woran ich mich erinnere, ist der Karton, in dem ich war. Es war ziemlich dunkel da drin, und es roch auch nicht besonders gut.

Und ich erinnere mich an Stimmen.

„Ui", rief ein Mädchen. „Da ist ja noch ein Päckchen unter dem Baum! Ist das für mich?"

„Was steht denn drauf?", fragte eine andere Stimme.

„Hooo-lll-yyy", las das Mädchen langsam vor – es war das Einzige, das sie damals lesen konnte.

„Na dann, Holly! Worauf wartest du?"

Der Karton wurde geschüttelt, dass ich nur so hin und her flog – wie gut, dass ich mit Watte gefüllt bin! Dann wurde der Karton aufgemacht. Grelles Licht fiel von oben ein und blendete mich, sodass ich erst mal gar nichts sehen konnte. **„Oink!"**, rief ich.

„Ein Schweinchen aus Plüsch!", hörte ich das Mädchen rufen. „Ist das aber süß!"

Ich blinzelte, und ein Gesicht erschien über mir. Es war ziemlich groß, und ich hatte ein bisschen Angst. Aber es war ein sehr freundliches Gesicht.

Mit großen Augen.

Und einem lieben Lächeln.

Das war das erste Mal, dass ich **Holly Holmes** begegnete.

Schon griff sie in die Schachtel und holte mich heraus. War das ein Lichterglanz! Überall standen Kerzen! Dazu ein Tannenbaum, der festlich geschmückt war und glitzerte!

Ich wusste gar nicht, wohin ich zuerst gucken sollte. Zumal Holly mich wild durch die Luft warf, mal hierhin und mal dorthin. Und dann presste sie mich an sich, so doll, dass mir fast die Luft wegblieb.

„He, du", rief ich, „erdrück mich nicht!"

„Du ... du kannst ja sprechen!", rief Holly verblüfft.

„Natürlich, warum auch nicht?", fragte ich und sah sie aus meinen Knopfaugen an.

„W-wie hat der Weihnachtsmann das bloß gemacht?", fragte sie.

„Vermutlich mit ein wenig Weihnachtszauber", sagte die Frau, die auf dem Sofa saß und Holly ein bisschen ähnlich sah. Beide hatten rotbraunes Haar, große Augen und spitze Nasen. Damals wusste ich es noch nicht, aber das war Stella Holmes, Hollys Mama.

Überhaupt wusste ich damals vieles noch nicht.

Zum Beispiel, dass grade Weihnachtsabend war. Zum Weihnachtsfest bekommen die Menschen nämlich Geschenke, und ich war so ein Geschenk. Das schönste, das sie je bekommen hatte, sagte Holly später.

Es war ein wunderbarer Abend!